글쓰기,
어떻게
시작할까

이 도서의 국립중앙도서관 출판예정도서목록(CIP)은 서지정보유통지원시스템 홈페이지(http://seoji.nl.go.kr)와
국가자료공동목록시스템(http://www.nl.go.kr/kolisnet)에서 이용하실 수 있습니다.(CIP제어번호: CIP2016007716)

스토리닷
글쓰기 공작소 시리즈
1

글쓰기 어떻게 시작할까

읽기 + 쓰기

이정하 지음

스토리닷

당신의 글쓰기를 응원합니다

살다 보니 정말 이런 순간도 오는군요. 제가 책을 쓰기 시작했고, 이젠 이렇게 들어가는 말만 쓰면 끝이라네요. 그간 제 이름의 출판사로 몇 권의 단행본을 만들고, 그 전에는 잡지를 만들면서 책 한 권 써야겠단 생각은 아주 오래전부터 했었지요. 그런데 그 일이 이렇게 일찍 올 줄은 몰랐어요.

제일 처음 나홀로 회사(1인 출판사)를 만들 때 맘에 드는 원고가 없을 땐 나라도 팔 걷고 써야겠다는 생각을 하곤 했습니다. 그러다가 회사 형편이 좀 나아지면 아는 이들을 불러모아 조그만 작가실 하나 만들어놓고 끊임없이 타이핑 소리를 들으면 참 좋겠단 생각도 했습니다. 아직도 그 생각은 변함없습니다.

여하튼 이제 세상에 제 이름으로 된 작은 글쓰기 책을 내놓습니다. 글쓰기 책으로 말하자면 기존 이름 있는 작가부터 현장에서 잔뼈가 익은 재야의 고수까지 그야말로 수많은 이들의 글쓰기 책들이 있지요. 그런 책들 가운

데 제 책은 책 크기부터 제 이름까지 작기만 합니다.

하지만 저 역시 책을 쓰면서 제 이름이 부끄럽지 않은 책을 내고자 했습니다. 그리고 책을 쓰는 동안 저 역시 무엇보다도 많이 배웠습니다. 제 책을 쓰자고 마음 잡을 때 '나 역시 20년 가까이 글을 썼으니, 내가 가장 자신 있어 하는 글쓰기에 관한 책 한 권 못 쓰겠어' 했지만, 생각과 달리 글쓰기를 체계적으로 그 누구에게 전달한다는 건 생각보다 어렵고, 고된 일이었습니다.

그리고 어찌어찌 원고를 마감하고 제가 쓴 글을 제가 또 교정교열을 보자니 그야 말로 봐도 봐도 오자, 탈자가 보여서 '이 책이 다름 아닌 글쓰기 책인데 이렇게 내도 괜찮을까' 하는 걱정과 불안이 엄습하기도 했습니다. 급기야 들어가는 말과 책 제목만 남긴 오늘 새벽엔 난데없이 잠에서 깨어나 '이 제목이 나을까, 저 제목이 나을까' 몇 번을 뒤척이다가 까무룩 다시 잠이 들기도 했습니다.

교정교열을 보다 보니 원고가 앞 부분은 여유로운데 반해, 뒤 부분은 마음이 조급했는지 자꾸 누굴 가르치고 있었습니다. 그리고 한 장을 마무리할 때마다 넣은 '함께 읽으면 좋은 책' 선정이 못내 아쉬웠습니다. 한 장마다 '함께 읽으면 좋은 책'이 어찌 이 네댓 권의 책뿐이었을까요?

그럼에도 불구하고 나온 이 책, <글쓰기, 어떻게 시작할까>는 오랫동안 기자로 살면서 익혔던 글쓰기의 정확성과 간결성 그리고 알기 쉬운 글쓰기를 지향합니다.

더불어 이 책을 읽는 이들에게 글쓰기의 소소한 즐거움을 전해드리고 싶었습니다. 그래서 읽는 이에 따라 어찌 보면 손발 오그라드는 유치한 그런 얘기들도 있었을 줄 압니다.

일부러 그렇게 한 이유는 책에도 나와있듯이 어떤 일을 오랫동안 하기 위해선 무엇보다도 '재미'가 있어야 합니다. 하루 아침에 뚝딱 하고 늘지 않는 우리네 글쓰기를 하는 동안만이라도 조금의, 아주 조금만이라도 재미란 녀석이 함께했으면 합니다.

이 작은 책을 세상에 내놓으며 그동안 곁에서 혹은 멀리서 응원해준 많은 이들에게 감사 인사를 드립니다. 더불어 이 책을 읽을 분들에게 한 말씀 드리자면, 당신의 글이 위풍당당해질 그 날을 저 역시 항상 응원하고 있다는 걸 잊지 않으셨으면 합니다.

달달한 봄 햇살 그리고

쓰디쓴 커피와 함께

이정하

차 례

contents

practice ③

내 글을 고쳐보자

practice ④

상황에 맞는 글쓰기 1. 일상생활

practice ⑤

상황에 맞는 글쓰기 2. 회사생활

practice ⑥

글쓰기와 관련된 질문들

부록

practice ①

글을 잘 쓰고 싶다면

책 사는 것에 혹은 책 읽는 시간이 아깝다 생각하지 말고 책과 함께 하시길.

책 다시 말하자면 글을 보는 눈이 있어야 글을 잘 쓸 수 있다.

과연 어떤 것들을 읽을 것인가?

글을 쓰라고 하는데 쓰는 것부터가 아니라 읽는 것부터 먼저 해야 한다고 말하면 지금과 같은 초스피드 시대에 "이 책은 내가 읽을 책이 아닌가 보오." 하며 많은 사람들이 이 책을 덮어버릴지 모른다.

¶ 하지만 조금만 성질을 누그러뜨리시라. 우리가 익히 아는 것처럼 전문 요리사가 되려면 청소, 설거지, 물 가늠하기 등을 꼬박 몇 년을 거쳐야 드디어 요리를 할 수 있는 불을 만날 수 있다지 않은가.

글쓰기도 마찬가지다. 우리가 어떤 글을 읽고 그 글과 공감할 수 있는 글을 쓰기 위해선 책이든, 신문이든, 심지어 동네 간판이라도 닥치는 대로 많이 읽는 게 좋다고 감히(?) 말한다. 이렇게라도 많이 읽지 않고선 글을 알아보는 눈을 가질 수 없다. 가만히 생각해보면 이 말은 너무도 당연한 말이다. 글도 읽지 않는 사람이 어찌 글을 잘 쓰기를 바란단 말인가? 그러기에 일단 가릴 것 없이 최대한 많이 읽을 것을 권한다.

그러면 어떻게 하면 책을 많이 읽을 수 있을까? 시간은 정해져 있고, 읽는 일을 하루 하지 않아도 목숨에 지장이 없으므로 우리는 그 좋은 책도 사놓기만 할 뿐 책 읽을 시간은 없다고 말한다. 그러기에 어떤 이들은 궁여지책으로 집에 TV를 없애기도 하고, 아침에 조금 더 일찍 일어나거나 혹은 잠자리에 들기 전 그리고 화장실에서 볼일을 보는 시간에도 책을 놓지 않는다고 말한다.

아예 책을 읽는 시간을 정해두어도 좋다. 나는 아침 출퇴근길엔 스마트폰 대신 책을 읽으면서 하겠다(물론 자리에 안정적으로 앉아갈 수 있을 때에만 가능하겠지만 말이다)나 점심시간 중 몇십 분을 쪼개서 책을 읽겠다는 것도 좋고, 이보다 집중적으로 책을 읽겠다는 사람들은 아예 출근을 조금 더 일찍 해서 여유롭게 커피 한 잔과 함께 책을 읽는 시간을 가진 다음 업무를 보는 이들도 있다. '나는 출퇴근 시간 밖에 짬이 없다'는 사람들은 '김영하의 책 읽는 시간'이나 '이동진의 빨간 책방'과 같은 책과 관련된 팟캐스트를 들어도 무방하다. 이렇듯 책을 읽겠다고 하면 어떤 시간이든 쪼개서 책을 읽을 수 있다는 게 책의 좋은 점 중 하나다. 허나 책 읽는 장소로 치자면 화장실에서 읽는 것만큼 몰입감(?)을 주는 곳도 흔치 않다. 화장실에서의 독서는 그게 굳이 책이 아니어도 흥미진진하다. 그래서 간혹 나는 읽기 싫은 딱딱한 책들이나 어학 책들을 부러 화장실에 두기도 한다.

이와 관련해서 몇 해 전 책을 많이 읽을 수 있는 방법에 대한 책을 읽은 적이 있다. 그 책에선 그 사람의 동선에 맞춰 최대한 곳곳에 책을 많이 놓으라고 조언하고 있었다. 나의 동선을 파악해서 곳곳에 책이나 읽을거리를, 그것도 그 동선에 맞는 각각 종류가 다른 책들을 놓아보자. 자고로 집은 책으로 채우란 말이 있지 않은가. 예를 들면 침실엔 조금 느긋하게 읽을 수 있는 에세이, 시집 등을 두고 거실엔 잡지나 신문을 놓아두기도 하고 이동하는 차 안에선 오디오북을 들어보자.

그리고 이렇게 책으로 집을 장식(?)하는 것에 집 구성원의 반발이 없다면 달이 바뀔 때, 계절이 바뀔 때마다 책 쇼핑을 해보면 어떨까. 책 쇼핑. 그럴 땐 무조건 대형서점으로 달려갈 게 아니라 요즘은 작지만 내실 있는 동네 책방들도 많으니 그런 곳으로 책 쇼핑 겸 산책을 가는 것도 좋으리라.

이런 곳에 가면 큰 서점과 인터넷서점에선 보기 어려웠던 책들이 정말 나에게 "저를 데려가세요~"하고 말을 걸어오곤 한다. 또 이런 동네 책방의 좋은 점은 책방 주인장들과 책에 대해 좀 더 많은 얘길 나눌 수 있어서 좋다. 그뿐이랴. 동네 책방은 책 얘기로 시작해서 세상 돌아가는 얘기도 도란도란 나눌 수 있는 곳이기도 하다.

그렇다면 이제 본론인 어떤 것들을 읽을 것인가? 지금 당장 당신이 읽고 싶은 것은 무엇인가? 이렇게 지금 당장 읽고 싶은 책부터 시작해서 조금 더 책 읽기가 자연스럽게 되면 '자신만의 읽기 리스트'를 짜 봐도 좋을 듯싶다. 농담 같은 소리겠지만 어디선가 매해 세우는 계획을 조금 더 당겨서 세우고, 작전삼일이란 말을 이용해서 3일마다 계획을 다시 세운다면 계획을 좀 더 잘 지킬 수 있다는 얘길 듣기도 했다. 여기서 내 경험상 계획을 잘 지키기 위해선 '21일의 법칙'이 도움이 되는 듯하다. 21일 동안 무엇인가 꾸준히 하면 그것이 습

동네 책방의 좋은 점은 책방 주인장들과
책에 대해 좀 더 많은 얘길 나눌 수 있어서 좋다.
그뿐이랴. 동네 책방은 책 얘기로 시작해서
세상 돌아가는 얘기도 도란도란 나눌 수 있는
곳이기도 하다.

practice ①

관이 돼서 자연스럽게 이뤄진다는 말이다.

만약 이렇게 21일 동안 무엇인가 꾸준히 읽겠다 생각하고 21일 동안 무엇인가를 꾸준히 읽을거리를 찾는다면 방법은 다양하고 광범위하다. 요샌 인터넷서점에만 들어가도 책 하나를 사면 이 책을 산 사람들은 이런 책도 읽었다고 알려주는가 하면 베스트셀러, 스테디셀러 정보들도 얼마나 잘 나와 있는가? 조금만 관심을 가지면 어떤 것을 읽을 것인가는 금세 해결될 문제라 생각된다. 다만 '아, 내가 책을 좀 읽어야겠다'고 결심하는 게 문제라면 더 큰 문제이자 그것을 곧바로 실행에 옮기는 일이 더 큰 일이라 하지 않을 수 없다.

덧붙여서 말하자면 책 읽기에 있어서도 어렸을 적 경험이 중요한 것 같다. 나는 어렸을 적 언니, 오빠 많은 시골 강경이란 곳에서 살았다. 그 당시 하루하루 먹고 사는 게 제일 큰일이라 여기셨던 부모님마저도 책은 사주셨나 보다. 둘째 언니가 고등학교를 대도시로 가게 됐고, 그 방에 있던 세계문학전집을 동화책이나 위인전 대신 읽었던 기억이 난다. 그때 슬레이트 지붕에서 뚝뚝 고드름 떨어지는 소리나 비 오는 소리 그리고 얇은 문풍지 사이로 들어오는 코끝 시린 바람에도 이불 똘똘 말고 읽었던 펄 벅의 <대지>나 앙드레 지드의 <좁은 문>의 줄거리는 지금은 가물가물해도 그 여운만큼은 아직도 남아있다.

그런데 지금 생각하면 하긴 그때 그렇게 오롯이 책에만 집중할 수 있었던 것은 책보다 재미난 것을 발견하지 못한 데 있지 않았을까 한다. 시골에서 그것도 밖에서 뛰어놀 수도 없는 한겨울, 고구마나 무 그리고 가끔 홍시를 먹으면서 책을 읽는 것보다 재미난 일은 그 당시 없었기에.

그러기에 제발 책 사는 것에 혹은 책 읽는 시간이 아깝다 생각하지 말고 책과 함께 하시길. 책 다시 말하자면 글을 보는 눈이 있어야 글을 잘 쓸 수 있다. 글을 잘 쓰고자 하는 이들이여, 글에 예민해지시라! 왜 여기에 이 조사를 썼고, 왜 여기엔 이런 동사로 마무리했는지, 그리고 왜 이 글은 내 글과 왜, 어떻게 다른지 보고 또 다시 보시길.

오늘부터는 무턱대고 책 본문 1장부터 읽는 것에서

책 표지, 저자소개 또는 역자소개, 목차, 서문, 나오는 말, 책 뒤 표지부터 읽고

본문을 읽어보자.

과연 어떻게 읽을 것인가?

생각보다 많은 이들이 읽는 방법 그러니까 효과적으로 무언가를 읽는 법을 잘 모른다. 쉽게 책으로 예를 들어 읽는 방법에 대해 얘기해보자. 이 책을 읽는 당신은 지금 이 책을 읽을 때 제일 먼저 어떤 것부터 읽었는가? 의외로 효과적인 책 읽기 정석(?)이라 하는 책 제목, 차례, 서문, 나오는 말 등을 읽고 본문을 읽는 이들이 적다.

이는 책을 고를 때도 마찬가지다. 어떤 책들은 표지와 목차만 자세히 살펴보는 것만으로도 반 이상을 읽는 것과 마찬가지인 책들이 있다. 오늘부터는 무턱대고 책 본문 1장부터 읽는 것에서 책 표지, 저자소개 또는 역자소개, 목차, 서문, 나오는 말, 책 뒤 표지부터 읽고 본문을 읽어보자.

또 본문도 처음 1장부터 순서대로 읽는 것에

이렇게 책들을, 읽을거리를 읽다 보면
아무래도 글에 관해 조금씩
자신이 예민해진다는 느낌을 얻을 것이다.
스쳐가는 간판 문구, 친구가 보낸 메시지에
그리고 거리마다 걸려있는
플래카드 등에 오자가 엄청나게 많다는
것을 발견하게 될 것이다.

서부터 목차를 꼼꼼히 보고 가장 먼저 눈에 들어오는 장부터 읽어보자. 물론 이럴 땐 목차를 처음부터 끝까지 정독했을 경우다.

간혹 아는 사람끼리 책 얘길 하다가 책을 지저분하게 보냐(이 질문은 밑줄 그으며 보느냐는 질문인 것으로) 아니면 깨끗하게 보느냐는 질문을 받곤 한다. 나는 두 가지 다 해당되는 듯하다. 소설 같은 책은 그냥 깨끗이 읽고, 자기계발서나 정보성 위주의 책들은 줄을 치기도 하고 때론 메모도 해가면서 읽기도 한다.

잠시 우리 집의 재미난 얘길 하자면, 남편은 책 사는 걸 엄청 좋아한다. 그래서 내 생각엔 마음이 좀 허할 땐 책방에 가서 책을 종이봉투로 엄청 담아오는 걸로 그 허전함을 채우는 듯해 보인다. 그런데 문제는 그 책들을 사기는 남편이 하는데, 읽는 것은 내가 먼저 읽는다는 데 있다. 그 이유는 남편은 책 읽는 스타일이 굉장히 꼼꼼하게 읽는 편이고, 난 책을 동시 다발적으로 이 책, 저 책을 가리지 않고 빨리 읽기(적어도 남편보다) 때문이다. 이렇게 매번 자기가 사온 책들을 내가 먼저 읽으니(내가 남편이었다면 아내인 내가 적잖이 얄미

웠을 게다) 하루는 남편의 책 쇼핑봉투에 속독법에 관한 책이 있어서 한참 웃었던 적이 있다. 그 속독법에 관한 책은 비록 읽지 않았지만 난 속독법이 따로 있지 않다고 생각한다. 잠깐 위에 언급한 대로 읽다 보면 여러분 모두도 자신만의 읽는 법을 스스로 터득하게 될 것이다.

참고로 신문은 왼쪽 상단에서 오른쪽 하단으로 시선을 한 번 움직여서 큰 헤드라인을 먼저 읽고, 그 중 관심 가는 기사를 중제(중간 제목)부터 읽고, 본문은 시간에 따라 스킵해도 무방하다. 물론 꼼꼼하게 읽어야 할 기사가 있다면 행간(글 줄 사이)을 읽어야 한다는 사람도 있다. 이 말은 그만큼 글을 읽는 것에 공을 들이라는 말이리라.

이렇게 책들을, 읽을거리를 읽다 보면 아무래도 글에 관해 조금씩 자신이 예민해진다는 느낌을 얻을 것이다. 스쳐가는 간판 문구, 친구가 보낸 메시지에 그리고 거리마다 걸려있는 플래카드 등에 오자가 엄청나게 많다는 것을 발견하게 될 것이다. 가십으로 말하자면 친구가 보낸 메시지에 오자 하니깐 옛날 생각이 나서 하는 말인데 내가 대학 때 살다 보니 러브레터라는 걸 받았는데 그걸 쓴 남자친구가 불행히도 우리의 공대생이었다. 그래서였는지 그 당시에도 학보사에 다녔던 나에게 딱 걸려서 러브레터에 오자체크를 해서 돌려준 웃지 못할 얘기가 기억난다. 잘 사시나, 나의 연애편지 친구여?

마지막으로 간혹 살다가 어떤 것도 읽기가 싫어지고, 재미를 잃게 되거든 유일하게(?) 좋아하는 작가의 글을 읽어보는 것은 입맛 잃었을 때 밥도둑이라 일컫는 간장게장을 먹는 이치와 같다. 한때 나는 <씨네21>이나 성석제, 위화의 소설들을 이와 같은 용도로 애용하곤 했다.

¶

내게 있어 글은 이런 것이다. 우리 딸이 맞춤법도 띄어쓰기도 모른 채
써주는 편지, 팔순 넘어서 이제 갓 한글을 배운 할머니가
하늘나라에 있는 남편에게 쓰는 첫 편지 같은 것.

과연 어떤 글을 쓸 것인가?

글쓰기가 익숙하지 않고, 자신은 글 쓰는 일이 세상에서 가장 힘들다 말하는 이들에게 글을 쓰라고 하면 어떤 글을 쓸까? 그러면 십중팔구는 "아무 것이나 써도 돼요?" 하고 물을 것이다. 그들에게 글은 너무 크고, 장엄하며, 아름답고, 넘지 못할 것들인가 보다. 쉽게 말해 첫 키스 같은 것이랄까?(적확한 비유를 하고 있는 것인지 모르겠다. 여기저기서 순간 돌이 날아드는 듯한 느낌)

내게 있어 글은 이런 것이다. 우리 딸이 맞춤법도 띄어쓰기도 모른 채 써주는 편지, 팔순 넘어서 이제 갓 한글을 배운 할머니가 하늘나라에 있는 남편에게 쓰는 첫 편지 같은 것. 그러기에 나는 일반인들이 소설가들처럼 글을 꼭 잘 써야 할 필요는 없다고 생각한다. 그건 우리에게 꿈과 희망을 전해주는 전업작가나 기타 글로 밥벌이를 하는 이들의 몫이다.

하지만 오랫동안 글밥을 먹으며 나이가 들어가는 내 경험상 일반인들이 글을 잘 쓸 필요는 없지만 잘 쓰면 좋은 점이 더 많은 건 확실하다. 회사생활도, 가게 운영도, 심지어 가정생활도 글을 조금 더 잘 쓰면(표현하면) 그렇지 않은 경우보다 확실히 득 되는 게 사실이다. 나는 이런 경우를 오랫동안 많은 이들을 통해 봤다. 그러기에 회사 생활만 해도 홍보팀을 따로 두고 회사 생활을 글로 써서 알리지 않는가? 홍보팀을 따로 두지 않은 회사의 CEO 중에서는 손수 글을 써서 각종 관련 매체에 기고를 하는 이들도 있다. 당연히 그런 CEO는 언론에 노출될 가능성이 많아진다.

이 외에도 글을 잘 쓰면 좋은 점이야 여러분들이 더 잘 알고 있으리라. '그러면 이제 글을 잘 쓰려고 마음먹었다. 그렇다면 어떤 글을 써야 할 것인지 말해다오' 하는 이들이 있다면 나는 자신이 꼭 필요한 글부터 쓰라고 말하고 싶다. 지금 당장 러브레터 한 장을 써야 하는 이들은 러브레터부터, 가게 사장님들은 매출에 도움이 되는 입간판 문구쓰기부터, 지금 당장 제안서를 써야 하는 임무가 발등에 떨어진 이들은 제안서부터 그리고 내 한 평생 소설 한 편은 꼭 써보고 생을 마감하리라 하는 이들은 단편소설부터 시작하라고 말한다. 아, 요샌 또 그렇게 책을 꼭 써보고 싶다는 이들이 많다. 이런 사람들은 그 오매불망 책 쓰기부터 시작하면 된다.

그래야 재미도 있고, 오래 쓸 수 있다. 여기에 핵심이 있다. 재미가 있어야(즉 나에게 당장 이익이 되거나 정말 단순하게 그게 좋거나) 오래 쓴다. 오래 써야 이놈의 글쓰기가 늘어난다. 글은 무슨 수학 공식 깨치듯, 전날 마음 놓고 먹고 자면 아침 몸무게가 그 전날 밤 무엇을 먹고 잤는지를 말해주듯 그렇게 하루아침에 뚝딱 늘지 않는 이유에서다.

그럼 각자 어떤 글을 써야겠단 생각이 들었는가? 그럼 또 어떤 분들은 이런 질문을 한다. “그럼 이제 어떻게 써요? 어떻게 시작하고 그걸 어떻게 (유지)해서 어떻게 끝내야 해요?” 좋은 질문이다. 물론 좋은 질문이지만 이런 분들에게 나는 “일단 한 번 써보세요. 막상 쓰기가 어렵다면 여러분이 쓰고 싶어 하는 글과 비슷한 그리고 정말 잘 쓴 글을 눈이 시릴 정도로 일단 뚫어져라 쳐다보세요."
이렇게 대답하곤 한다.

이 책에서 계속 되는 얘기겠지만 모방은 창조의 어머니이다. 정말 "저런 글을 쓰고 싶다"고 생각하면 그 글을 보고보고 또 봐서 닳아 없어질 때까지 본다면 아마 키보드에 혹은 원고지에 손을 댄 순간 그와 비슷한 글을 쓰고 있을 것이다.

그리고 어느 정도 글이 내 마음대로 쓰여진다고 생각할 때쯤 그것을 공개할 곳을 찾아보라. 블로그든, 요즘은 작가주의를 표방하는 브런치(카카오톡에서 운영하는 블로그) 등 여기저기 여러분들의 글을 원하는 곳이 꽤 많다. 하다못해 책을 사면 책 리뷰를 쓰면 책 내용도 정리되고, 적립금도 쌓이니 일석이조 아닐 수 없다. 책 리뷰를 써서 유명해진 사람으로는 <서민적 글쓰기>의 서민 교수가 있겠다. 나 역시 이 책을 쓰면서 <서민적 글쓰기>를 읽어보았는데, 역시 '글쓰기 지옥 훈련'이 있었기에 그렇게 좋은 글들을 쓰고 있지 않나 싶다.

영화를 좋아하는 이들이라면 영화평을 써서 관련 매체에 보내거나, 직장인들이라면 보고서나 제안서 작성에 손을 들고 참여해보는 것도 이제까

자신이 꼭 필요한 글부터 쓰라고 말하고 싶다.
그래야 재미도 있고, 오래 쓸 수 있다.
여기에 핵심이 있다. 재미가 있어야 오래 쓴다.
오래 써야 이놈의 글쓰기가 늘어난다.

practice ①

지 갈고닦은 글쓰기 기술(?)을 공개할 수 있는 절호의 기회다. 상상만 해도 참 놀랍지 않은가? 상사가 "자네, 언제까지 이 제안서 다 써와!" 하고 명령하는 것에서 "앗, 제가 이번 제안서 좀 써볼게요." 하고 손을 번쩍 들고 먼저 얘기할 때 상사의 표정이란 이 사람은 그날부터 참 기특한 사람으로 기억될 것이다.(물론 제안서를 잘 썼을 때 그렇게 되리라)

나 역시 한동안 생활협동조합 한살림서울에서 만드는 <한살림사람들>의 홍보위원으로 활동했다. 나는 오랫동안 잡지를 만들며 '글은 마감날짜가 써준다'는 말이 어느 정도 무슨 말인지 아는 사람이었다. 하지만 지금은 잡지사를 퇴사하고 이렇게 출판사를 하고 있으니 그때의 그 긴박했던 마감날짜와 한 달에도 원고지 백 장 가까이 썼던 그래서 팔목이 시큰했던 추억이 아주 가끔은 그립기도 하다.

그래서 한 아이의 엄마이자 주부로서 관심 가는 곳을 찾아보니 한살림이었고, 한살림서울에서 발행하는 소식지로 <한살림사람들>이 있었다. 다른 꼭지(코너)도 있었지만 그곳에 '생명을 지키는 사람들' 꼭지는 타블로이드 판형의 전체도 아니고 A4 한 장의 기사를 쓰기 위해 요새는 유가지에서도 잘 하지 않는▼ 지방취재를 한 달에 한 번씩 꼬박꼬박 해서 만들어내는 값진 꼭지였다. 그 취재를 거의 격월로 하면서 기존 월급쟁이였을 때의 기사와 활동가(한살림에서는 이렇게 부른다)로서의 기사를 쓰는 것에도 차이가 있다는 걸 발견하게 됐다. 그리고 무엇보다도 마감날짜가 생긴 것이 이상하게도(?) 즐거웠다. 내 얘기가 길었다. 정리하자면, 글을 어느 정도 쓰게 된다면 관심 있는 매체에 기고나 블로그 운영을 통해 글로써 대중과 호흡하는 법을 터득하게 되면 글쓰기에 점차 자신감이 붙을 것이란 얘기다.

더불어 요새 책을 쓰고 싶다는 이들이 많아서 팁 하나를 더 드리자면, 출판사에 원고를 보낼 때는▼▼ 워드나 한글파일로 작가소개와 샘플원고(목차 포함)를 메일로 보내는 게 좋다. 여기에 센스 있

▼ 통신기술이 발달해서 촌각을 다투는 것들은 주로 전화나 그렇지 않은 것도 서면인터뷰로 대신하는 추세다.

▼▼ 사실 요샌 출판사가 거의 기획출판을 해서 생판 모르는 사람이 원고를 보내와서 그걸로 출판까지 이어지는 경우가 거의 드물다.

는 작가는 출간할 책의 독자 타깃은 누구이고, 마케팅은 어떻게 할 것이며(저자로서), 예상 판매부수는 얼마일 것이라는 등의 내용이 들어간 출간기획서도 작성해서 보낸다.

내가 모르는 사람임에도 불구하고 작가에 대한 소개 한 줄 없이, 출판사도 우리 출판사인지 옆집 출판사인지도 모르게 불분명한 채 파워포인트로 작성해서 보낸 원고는 두 줄도 읽어 보지 않고, 아니 메일을 열어보지도 않고 가차 없이 메일함 휴지통에 들어간다는 사실. 현실은 항상 냉정한 법이다. 그러니 숱한 밤을 새운 당신의 시간을 버리기 싫다면, 원고 투고의 기본적인 사항은 알고 꼭 지키라고 당부 드리고 싶다.

아, 그리고 정말 책을 쓰길 원하는 이들은 요샌 정말 좋은 세상이지 않은가? 책 쓰기에 대한 책도 많다. 그리고 이 글을 쓴 인연으로 책 쓰기에 관한 궁금한 사항이 생기면 나에게도 보내 달라. 내가 아는 범위 내에서는 친절 상담으로 여러분을 맞이하겠다.

함께 읽으면 좋은 책

읽다 김영하

〈보다〉 - 〈말하다〉 - 〈읽다〉 김영하 산문 삼부작의 완결인 〈읽다〉는 그가 오랫동안 읽어온 작품들에 대한 이야기와 함께 문학이라는 '제2의 자연'을 맹렬히 탐험해온 작가 김영하의 독서 경험을 담은 책이다.

읽는 인간 오에 겐자부로

노벨문학상 수상 작가이자, 일본 문학계의 거장인 오에 겐자부로가 읽은 '내 인생의 책'을 소개한다. 1957년에 등단한 이후 반세기가 넘는 시간 동안 매번 탁월한 작품을 집필해온 저자는 이 책에서 '평생에 걸쳐 읽어온 보물 같은 책'들을 회고하며, 오직 책으로 살아온 인생을 강렬하게 담아냈다.

빌린 책, 산 책, 버린 책 장정일

책읽기의 방법, 주제, 책읽기를 통해 독서가 주는 즐거움, '사회적 독서'에 대해 소개하고, 저자가 기록한 112편의 독서일기를 수록한 책이다. 그간 〈장정일의 독서일기〉라는 이름으로 일곱 권, 〈빌린 책, 산 책, 버린 책〉이라는 이름으로 세 권이 출간되었다.

practice ②

내 글을 보다

글을 잘 쓰고 싶은 사람은 그 글이 어떤 글이든
자신이 쓴 글이라면 정말 매의 눈처럼 날카롭게 다시, 또 다시,
다시 볼 수 있는 글에 대한 애정이 있어야 한다.

내 글, 무엇이 문제인가?

옛말에 지피지기면 백전백승이라 하지 않았던가? 자신을 알고, 적을 알면 백 번을 싸워도 백 번을 이긴다는 얘기로 알고 있다. 자신을 아는 것이 중요하다.

하지만 자신을 아는 게 어디 쉬운가? 글도 마찬가지다. 자신이 쓴 글이지만 이 글이 지금 무엇을 말하고 있는지 말해보라고 하면 열의 아홉은 우물쭈물한다. 그만큼 자신이 쓴 글이지만 정작 무슨 말을 거기에 썼는지 모르는 경우가 태반이다.

지금 이 책을 읽고 있는 이들이라면 자신이 쓴 글을 이참에 찬찬히 들여다보자. 볼 글이 따로 없는가? 그럼 이 책을 읽은 소감을 한 줄로 써보자. 어떤가? 무슨 말을 하고 있는지 한 번에 들어오는가? 오자나 탈자, 띄어쓰기는 잘 지켜졌는가? 사실 글을 웬만큼 쓴다는 사람들도 자신의 글을 몇 번이고 들여다보고 고쳐 쓰는 과정을 굉장히 싫어하면서 어려워한다. 이유는 자신의 글은 바로 자기 자신이기 때문이다. 그러나 어떤 작가가 말했듯(나중에 찾아보니 헤밍웨이란다) 초고(처음 쓴 글)는 거의 걸레와 같다. 글 써서 밥벌이는 하는 작가마저 처음 쓴 글이 이처럼 형편이 없다면 일반인들이 쓴 글은 말하면 울 엄니 말대로 입이 아플 지경이리라.

다시 당신의 글을 보라. 다시 한 번 물어본다. 어떤가? 무슨 말을 하고 있는지 한 번에 들어오는가? 오자나 탈자, 띄어쓰기는 잘 지켜졌는가? 물론 이 짧은 시간에 자신의 글이 달라졌다면 그건 기적 같은 일이리라. 하지만 글을 잘 쓰고 싶은 사람은 그 글이 어떤 글이든 자신이 쓴 글이라면 정말 매의 눈처럼 날카롭게 다시, 또 다시, 다시 볼 수 있는 글에 대한 애정이 있어야 한다. 많은 작가들이 결혼을 하지 않는 이유, 그건 자신의 글과 사랑에 빠졌기 때문 아닐까? 오글거리는가? 이렇게 조금이라도 오글거릴 수 있도록 오늘부터라도 자신이 쓴 글이라면 적어도 두 번은 기본이고 세 번 다시 읽어보자.

나 같은 경우 글을 처음 읽어볼 때는 문맥의 흐름이나 오자, 탈자, 띄어쓰기를 보면서 사실 확인이 필요한 곳엔 밑줄을, 다시 고쳐 써야 할 부분엔 체크 표시를 해둔다. 물론 프린트를 해서 본다. 이게 더 편하고 눈에 더 잘 들어오기 때문이다. 그런 다음 한 번 처음부터 끝까지 읽어서 수정을 하고, 다시 프린트를 해서 본다. 그렇게 세 번 정도 프린트를 해서 보면 웬만큼 글 꼴이 만들어질 것이다.

그런 다음 시간이 있으면 바로 글을 보내거나 게재하지 않고 그대로 고이고이 잘 저장해 둔다. 그러면서 다른 일을 본다. 그러면 다른 일을 보는 와중에도 이상하게도 '아, 그 부분은 문단을 나눌걸' 혹은 '그 단어 대신 다른 단어를 쓸걸' 또 '도입이 너무 밋밋한 거 아냐?' 하는 생각들이 난다. 그러면 다시 그 부분들을 고치면 된다. 바로 글을 쓰면서 생기는 찜찜한 부분은 두고두고 생각이 난다는 말씀 되시겠다.(사실 이 부분은 나만 이런 것인지, 다른 사람들도 이런지 확인은 못 해봤다. 하지만 거의 비슷하지 않을까?)

나 같은 경우 글을 처음 읽어볼 때는
문맥의 흐름이나 오자, 탈자, 띄어쓰기를 보면서
사실 확인이 필요한 곳엔 밑줄을,
다시 고쳐 써야 할 부분엔 체크 표시를 해둔다.
물론 프린트를 해서 본다.

하지만 대부분 이 책을 읽는 사람들은 볼 글이 없을 것이다. '내가 글이란 걸 써본 지가 언제지?' 할 사람도 있을 듯. 그러기에 우리가 지금 할 일은 너무 무책임한 말 같지만 이 말은 진리다. 그냥 쓴다. 한 줄이라도 쓴다. 그래야 볼 글도 있고, 고치는 작업도 할 수 있는 것 아니겠는가?

¶

잘 쓴 글이란, 첫째, 정확한 글이다.

둘째, 무슨 말을 하고 있는지 읽는 사람이 쉽게(?) 알 수 있게 쓴 글이다.

셋째, 글쓴이 이름을 다시 한 번 보게 만드는 글이다.

넷째, 글에 나온 장소나 냄새, 색깔 등 그림이 잘 그려지는 글이다.

다섯째, 그 글에 나온 어떤 것들을 따라 해보고픈 글이다.

잘 쓴 글이란 어떤 글인가?

결론부터 말하자면(이 역시 내 기준이지만) 첫째, 정확한 글이다. 둘째, 무슨 말을 하고 있는지 읽는 사람이 쉽게(?) 알 수 있게 쓴 글이다. 셋째, 글쓴이 이름을 다시 한 번 보게 만드는 글이다. 넷째, 글에 나온 장소나 냄새, 색깔 등 그림이 잘 그려지는 글이다. 다섯째, 그 글에 나온 어떤 것들을 따라 해보고픈 글이다.

다섯 가지로만 말해봤는데 경우에 따라서, 취향에 따라서 잘 쓴 글에 대한 기준이 달라질 수 있을 듯싶다. 이 글을 쓰는 나 역시 한때는 <씨네21> 팬이었다. 그리고 지금도 성석제 작가를 좋아한다. 그래서 그런지 지금도 글을 쓸 때면 약간은 성석제 작가처럼 톡톡 튀게, 재미있게 쓰는 걸 좋아한다. 그리고 그런 글을 읽는 걸 좋아한다. 무겁고,

알 수 없게 쓴 회색빛 무겁게 내려앉은 글보다 아는 건 확실하게 안다고, 모르는 건 솔직히 모른다고 고백하는 그런 글을 쓰고 싶다.

이 책을 읽는 여러분도 한때는 문학소녀, 문학소년이었을 것이다. 진짜 문학소녀, 문학소년이 아니었어도 그런 놀이는 해봤을 것 아닌가? '얘는 이런 편지지를 좋아할 거야, 아냐 이건 너무 유치하잖아' 하며 고심을 하며 편지지를 고르곤 좋아하는 여자친구, 남자친구에게 편지 한 장 쓰는 것으로 온 밤을 하얗게 지새우거나 설혹 그러진 않았어도 그런 시간은 얼마나 행복한가? 시간을 거슬러 10, 20대 감성 풍부한 아니 넘치던 그때로 다시 돌아갈 순 없어도 그때를 잊지 말자.

그러면서 '나도 한때 그런 사람이었어' 하면서 매일매일은 아니어도 도표와 그래프 난무한 업무적인 글만 쓰지 말고, 가끔은 아주 가끔은 당신의 공간(다이어리, 페이스북, 블로그 등)에 하고 싶고, 쓰고 싶은 글을 써보자. 아니 이 글 뒤에 말할 '나만의 글쓰기 노트'에 글을 써보자. 처음 쓰는 게 어렵지, 이 쓴다는 행위는 본능적인 것이기에(적어도 나는 그렇게 생각한다) 아마 곧 웬만한 사람들은 재미를 붙이게 될 것이다.

이렇게 하루에 한 줄이라도 쓰다 보면 자신이 쓰고 싶은 글은 어떤 글이고, 그러기에 자신이 부족한 점은 어떤 것이고, 그래서 어떤 글을 봐야겠단 생각들이 자연스레 들 것이다.

한때, 아니 오랫동안 잡지를 만드는 일을 했다. 신입기자가 들어오면 매일 아침 해야 하는 일로 신문 논평을 스크랩해서 그것을 따라 써보라고 할 때가 있었다. 나도 이렇게 해서 볼 견자가 아닌 개 견자를 쓴 혹독한 견습기자 시절을 보냈다. 이런 논평 필사를 하면서 이를 악물고 '난 나중에 들어오는 후배들에게는 이런 일은 안 시킬 거야' 하고 다짐했는데, 내가 또 그 위치에 있으니 선배들이 왜 그런 일을 시켰는지 조금은 알 수 있었다.

요새는 필사 관련 책이 많이 나와 있어서 필사가 왜 좋은지, 필사는 어떻게 해야 하는지 여기저기 잘 나와있지만 내가 생각하는 필사의 좋은 점은 '꾸준하게 글과 친숙해져서 자연스럽게 그 문장과 닮은 글을 쓸 수 있게 만들어준다는 것'이다. 그러니 자신이 좋아하는 작가풍 글을 쓰고 싶다면 그 작가 작품을 필사해보자. 더불어 나는 지금 당장 기획서를 써야 한다면 기존 기획서 중 좋은 평을 받았던 기획서를, 보고서를 써야 한다면 선배들에게 기존 보고서 중 선배들이 아끼는 보고서를 읽어볼 기회를 만들어라. 그리고 그것을 읽고, 분석하고, 모르는 게 있다면 제발 솔직하게 물어보라. 순수한 마음을 가지고 접근하는 이들에게는 거절하지 못할 힘이 있다.

¶

내가 생각하는 필사의 좋은 점은 '꾸준하게 글과 친숙해져서 자연스럽게 그 문장과 닮은 글을 쓸 수 있게 만들어준다는 것'이다. 그러니 자신이 좋아하는 작가풍 글을 쓰고 싶다면 그 작가 작품을 필사해보자.

practice ②

글이란 이 책 한 권을 딸딸딸 다 외운다고 명문을 쓸 수 없다.

욕심을 버려라. 우리가 애초부터 원하는 건 그런 것이 아니다.

밥상으로 비유하자면 밥과 국이다. 아니 라면 한 봉지와 김치.

자신의 경험을 자신의 말투로 써라

물론 자신의 경험을 쓸 수 없는 글들이 있다. 그럼에도 불구하고 대부분의 글은 자신의 경험에서 우러나온다. 그러기에 자신의 경험(직간접적인 경험)을 얼마나 잘 읽는 이에게 전달하는가에 따라 글이 "살아있네, 독특하네, 흡입력이 있네"라는 소리를 듣게 된다.

일단 자신의 경험(얘기)을 쓰면 쓰는 그 경험을 다른 사람에게 들려주는 것 같아서 쓰는 사람도 재미있다. 고로 쓰는 것 자체가 즐겁다. 경험은 그 사람만의 독특한 것이기에 그 얘기는 덩달아 독특할 수밖에 없다. 그러기에 읽는 사람마저 그 얘기에 빨려 들어간다. 이런 자신의 경험을 자신의 말투로 쓰는 글은 그 글이 어떤 글이든 지루함의 최고봉인(?) 대학 졸업 논문처럼 지루하지 않다.

그럼 '글을 쓸 때는 자신의 경험을 자신의 말투로 쓰라'는 어마어마한 공식에 웬만한 글을(예외도 있으므로) 대입시켜보자. 일기, 편지, 독후감, 영화리뷰 등은 거뜬히 해결될 것이다. 어렵게 생각할 필요 없다. 예를 들어 독후감. 이 책을 읽은 소감을 쓴다고 생각할 때 자신의 경험을 자신의 말투로 쓰라는 공식을 대입시켜보자.

가상 인물인 나 A는 글 쓰는 걸 세상에서 제일 싫어하고, 글 쓰는 숙제가 호환마마보다도 무서운 사람이다. 그런 사람이 이 글 쓰는 책을 읽은 소감을 쓰라고 한다면? 자신의 얘기, '나는 글 쓰는 걸 세상에서 제일 싫어하고, 글 쓰는 숙제가 호환마마보다도 무서운 사람이다.'로 시작하면 된다. 거기에 조금의 임팩트(양념)를 치고 이 문장을 좀 더 다듬으면 된다. 그리고 왜 그렇게 글쓰기가 싫었는지 그런 얘기(에피소드)를 들려주면 사람들은 그 얘기에 빠져들게 된다. 그런 나 A가 이 책에서 발견한 밑줄 쫙 친 문장은 바로 이것이었다. 블라블라.

사실 독후감은 책의 줄거리를 말하기 위해 쓰는 글이 아니다. 독후감. 말 그대로 책을 읽은 다음 느껴지는 소감이다. 이 책을 읽고 좋았으면 좋았다. 싫었으면 싫었다. 말하면 그만이다. 그런데 애매하게 좋은 거 같기도 하고, 싫은 거 같기도 해서 말하기 어려울 때는? 음, 그럴 때도 그렇다고 말해도 되지만 왜 그렇게 느끼게 됐는지 좀 더 자신의 느낌을 소상히 말해보면 아주 좋은 글이 때론(?) 나오기도 한다.

사실 잘 썼다고 하는 글들을 보면 그 내용은 그다지 많이 차지하지 않는 경우가 허다하다. 책 리뷰도, 칼럼도 비유와 다른 얘기들이 70~80퍼센트를 차지한다. 그러다가 해당 내용을 언급한다. 물론 이런 것도 써본 사람이야 하는 것이지 이제 막 살아남겠다고, 난 이 바닥에서 꼭 살아남겠다고 바둥거리는 사람들이 이런 여유를 언제 부리겠느냐고 따지신다면, 옛말에 급할수록 돌아가라고 했다. 글이란 이 책 한 권을 딸딸딸 다 외운다고 명문을 쓸 수 없다. 욕심을 버려라. 우리가 애초부터 원하는 건 그런 것이 아니다. 밥상으로 비유하자면 밥과 국이다. 아니 라면 한 봉지와 김치. 라면 얘기를 하니 갑자기 김훈의 <라면을 끓이며>가 생각난다. 이 책 읽어본 사람? 좋은 책이다. 이 책을 읽으면 '정말 김훈 선생님은 이렇게 라면을 끓여 드시면서 글을 쓰시는구나' 하는 생각이 절로 드는 것처럼. 이것이다. 자신의 얘기를 단백하게 풀어놓기(쓰기).

뒷부분에 다시 한 번 얘기하겠지만 '자신의 경험을 자신의 말투로 쓰라'는 것은 앞서 말한 글을 쓸 때만 해당되는 것은 아니다. 회사에서도 이런 부분을 십분 활용할 수 있다. 정말 오래된 얘기지만 IT업계 컨퍼런스가 열려 취재를 간 적이 있다. 그때는 나 역시 IT업계에 들어간 지 얼마 되지 않았을 때였다. 누가 누구인지도 잘 모를 때였는데, '프레젠테이션 하는 모습을 보고 저 사람은 누굴까?' 하는 생각이 든 것은 처음이었다. 그가 바로 배달의민족 한명수 이사다. 왜 그런 카피도 있지 않은가? "누구나 '예'라고 할 때 '아니요'라고 할 수 있는 용기, 반대로 누구나 '아니요'라고 할 때 '예'라고 할 수 있는 용기" 카피 내용이 정확하게 맞아 떨어지는 것 같지는 않지만, 적어도 내 눈에는 모두가 딱딱한 파워포인트로 도표 잔뜩, 어디서 본 것 같은 문구 잔뜩 들어간 파워포인트들 사이에서 그 한 이사의 파워포인트는 손수 쓴 글씨를 스캔을 떠서 만든 파워포인트였다. 내용도 그 어디에서도 본 적 없는 자신의 얘기로 말이다. 그러니 사람들이 주목하지 않을 수 밖에 없었다.

많은 이들이 스토리텔링, 스토리텔링 하는데 스토리텔링 사실 별 것 없다. 이야기보따리 잘 싸고 풀면 그게 스토리텔링이다. 무슨 귀신 씨나락 까먹는 소리라고들 하시겠다. 이게 귀신 씨나락 까먹는 소리인지, 이야기 보따리인지는 계속 같이 한 번 읽어나가면서 확인해보자!

작가 중에는 새벽시간을 애용하는 이들이 많다. 얼마 전 신문에서 읽었던 일본 작가도 출근하기 전 두 시간을 오로지 작품 쓰는 시간으로 할애하고 있다고 한다. 전업 작가 중에는 도서관 같은 곳으로 출퇴근을 하는 이들도 적지 않다. 작가 김훈은 책상에 필일오(必日五)라고 써놨다고 한다.

글을 쓰기 좋은 장소, 시간과 도구

어떤 소설가들은 글을 쓰기 위해 꼭 여행을 떠난다고 한다. 맨 처음 이와 같은 글을 읽었을 때 '와, 부럽다' 하고 생각했다. 그러면서도 '왜 꼭 떠나야 할까?' 하고 생각해본 적이 있다. 이 글을 읽는 여러분 생각엔 그들은 왜 꼭 떠나야 했을까? 나름대로 내린 결론은 소설은 아무래도 픽션(상상에 의한 창작)이기에 현실과는 약간 분리된 장소에 가는 게 아무래도 도움이 될 듯싶었다.

하지만 이 책을 읽는 대부분의 사람들은 소설가라기보다는 요즘 TV에 나오는 <미생>과 같은 직장인 혹은 직장인이 되고자 하는 이들이라 생각한다면 '글을 쓰기 좋은 장소, 시간과 도구'라는 이 제목이 다소 사치스럽지 않나 생각한다.

어디 눈만 뜨면 출근하기 바쁘고, 퇴근하면

씻고 자기 바쁜 직장인에게 글을 쓰기 좋은 장소, 시간과 도구가 따로 있을까? 하지만 완벽하지는 않지만 분명 글을 쓰기 좋은 장소나 시간 그리고 도구는 나름대로 있다고 생각한다. 나는 구식이어서 그런지 아직까지는 노트북이나 스마트폰보다는 출근해서 사무실에 앉아 데스크톱으로 쓰는 것을 좋아한다. 여기에 플러스로 커피 정도만 있다면 금상첨화.

그런데 요샌 가끔씩 마음에 드는 커피숍에서 글을 쓰고 싶단 생각도 들어서 커피숍에서는 어떤 사무도구로 글을 쓰나 살펴보니 기존 노트북에서 좀 더 가벼운 형태로 변화해가는 듯하다. 예를 들면 모니터와 자판이 따로 분리되는 형태를 많이 사용하고 있고, 키보드도 롤링 키보드(키보드가 둘둘 말려서 다 쓰곤 가방에 쏙 집어넣으면 된다)를 사용하는 이들도 눈에 띈다.

여타의 도구들 그러니까 글을 좀 쓴다는 이들 얘길 들어보면 꽤 좋은 도구들을 애용하는 이들이 종종 있다. 모 브랜드의 기계식 키보드를 좋아하는 이들도 있고, 자신은 왔다 갔다 전철에서 노트북이나 에버노트로 칼럼 하나씩을 완성해서 책을 완성했다는 이들도 봤다. 이렇듯 글쓰기 좋은 장소는 사람마다 라이프스타일이 다르므로 한 번쯤 잘 생각해서 정하면 될 듯하다. '사람들마다' 라는 얘기가 나왔으니 하는 말인데, 나를 포함해서 많은 이들이(?) 세계일주를 하며 느리게 가는 횡단열차를 타면서 혹은 프랑스 야외 벤치에 앉아 칼럼을 쓰는 칼럼니스트를 꿈꾸지 않는가?(정말 꿈 같은 얘기다)

글쓰기 좋은 장소는 이 정도로 하고 글 쓰는 데 있어서 가장 큰 문제는 시간이다. 아무래도 글을 쓰기에 좋은 시간은 (회사 일도 포함해서) 경험상 아무래도 오전이 좋지 않나 싶다. 오후로 갈수록 사람들과의 커뮤니케이션 하는 시간이라든지, 전화벨 소리도 많이 울리므로 그에 비해 비교적 다른 이들과 떨어져 업무를 볼 수 있는 오전 시간대가 글을 집중해서 쓸 수 있는 좋은 시간대이지 않나 싶다. 이는 직장인이 아니어도 마찬가지이지 아닐까? 그래서 운동도 오전에 하는 사람들이 꾸준히 잘한다고 하지 않나?

작가 중에는 새벽시간을 애용하는 이들이 많다. 얼마 전 신문에서 읽었던 일본 작가도 출근하기 전 두 시간을 오로지 작품 쓰는 시간으로 할애하고 있다고 한다. 전업 작가 중에는 도서관 같은 곳으로 출퇴근을 하는 이들도 적지 않다. 작가 김훈은 책상에 필일오(必日五)라고 써놨다고 한다. 이 말은 하루 원고지 5장은 꼭 쓰겠다는 말인데, 전업 작가마저 매일매일 무엇인가를 쓰는 일은 그렇게 어려운 일임을 말해주는 것이리라.

참고로 나는 이 책의 목차를 잡고 하루에 A4 1장을 쓰자고 약속했다.(A4 1장은 원고지 8장 정도가 들어간다. 고로 나는 김훈 작가보다 많이 쓴다. 하지만 양으로 많을 뿐 어찌 김훈 작가의 발뒤꿈치만큼이라도 따라갈 수 있을 것인가) 물론 중간에 밀려서 주말에도 작가놀이(집 근처 커피숍에서 노트북을 켜고 뭔가 심오한 작업을 하는 것처럼 자판을 치는 놀이)를 한 적이 여러 번이다. 그러기에 무엇인가를 꼭 쓰고자 할 때는 시간마저 딱 정해놓고 그 안에 당신을 가둬두는 것이 필요하다.

'가둬둔다'는 말이 나오니 이외수 작가가 생각난다. 그 마저도 글을 쓸 때는 '글 감옥'에 들어가서 쓴다고 하지 않았는가. 그러니 일반인들이 글을 쓸 때 역시 그보다는 덜 하지만(아니 더할 수도 있다는 생각이 불현듯 지나간다) 자신과의 약속이 필요하다. 글을 잘 써야만 하는 직장인들이라면 회사 근무 시간 자체가 글을 쓰기 위해 자신을 가둬 두는 시간인 반면, 특별한 목적을 갖고 글쓰기를 할 때는 자신은 언제, 그리고 어디서, 어떤 도구로 글이 잘 써지는지 파악하고 그때는 오로지 글 쓰는 것에 몰입해야 한다.

글을 쓰다 보니 글을 쓰는 데 가장 훼방꾼은 다름 아닌 휴대폰과 인터넷 서핑이었다. 그 옛날 시험 전날엔 꼭 책상 위치를 바꾸고, 책장을 정리했곤 했는데 그게 요즘은 휴대폰과 인터넷 서핑일 줄이야. 휴대폰 SNS에 있는 얘기들은 하나 같이 다 재미있고, 심지어 값진 정보들 같아서 '저장하기'만 해둔 것도 이미 여러 개. 인터넷 서핑에 시간을 너무 많이 빼앗겨서 메일 검색만 하고 브라우저를 닫아두고 이 글을 쓰고 있음을 이 책을 읽고 있는 여러분에게는 살짝 알려드린다.

직장인이라면 기획안, 보고서를 상사가 쓰라고 했다고 책상에 앉아
텅 비어있는 파워포인트나 한글 혹은 워드프로세서만 띄워 놓고
혼자 끙끙대지 말고 일단 이 기획안, 보고서에 어떤 메시지를 담을 것인지
'생각'이란 걸 하고 본 작업에 착수하자.

생각하기 좋은 장소, 생각이란

생각하기 좋은 장소가 따로 있을까? 그럼 그 좋은 장소에서 해야 하는 생각이란 과연 어떤 것인가? 아주 쉬운 예를 들어보자. 나는 오늘 아침 전철을 타면서 어떤 남편으로 보이는 아저씨가 남들 다 들으라는 듯 큰 소리로 자신의 부인을 나무라는 소리를 들었다. "아니 생각이 있어, 없어? 내가 애들이라면 말을 안 하겠어. 그런데 다 큰 사람이… 이게 한두 번도 아니고…."

자초지종을 몰라 뭐라 할 말은 없지만 그 순간 '수더분하게 보이는 그 아주머니가 대체 그 생각하지 못했던 것은 과연 무엇일까?' 하는 생각과 '그래도 저 아저씨는 그 얘길 이렇게 공공장소에서 큰 소리로 얘기해야 했나' 하는 생각이 들었다. 바로 이런 것이 생각이다.

요즘 사람들이 흔히들 '생각 없이 산다'고 한다. 하지만 더 정확히 말하면 제대로 된 생각을 못하는 것이리라. 아니면 생각을 할 수 없을 정도로 시간에 쫓기거나. 그러기에 생각, 올바른 생각, 제대로 된 생각을 하기 위해선 연습이 필요하다. 이 생각을 하는 데 가장 좋은 것 역시 책이다. 단순한 소설책이라도 한 권을 읽으며 그 주인공은 왜 그런 행동을 하게 됐는지, 그 작가는 그 주인공을 왜 그런 식으로 그렸는지 생각해보라.

더불어 직장인이라면 기획안, 보고서를 상사가 쓰라고 했다고 책상에 앉아 텅 비어있는 파워포인트나 한글 혹은 워드프로세서만 띄워 놓고 혼자 끙끙대지 말고 일단 이 기획안, 보고서에 어떤 메시지를 담을 것인지 '생각'이란 걸 하고 본 작업에 착수하자.

더불어 그 생각이란 것을 도와줄 사람들의 의견을 들어봐도 좋을 일이다. 말하자면 전에 이 문서를 작업했던 선배의 코멘트나 상사의 요구사항 등을 기자가 취재하듯 꼼꼼히 찾아내는 일도 이에 포함된다. 그런 선 작업을 충분히 거친 뒤 자료가 모아졌을 때 '그래, 이제 좀 써볼까?' 하면서 컴

퓨터를 켜도 결코 늦지 않다. 물론 글은 자료가 써 주지 않는다. 그때부터는 의자에 엉덩이를 붙이고, 절대 집중해야 한다.

생각에 서툰 이들을 위해 간략한 팁 하나만 드리자면 요샌 자신의 생각을 그림으로 그려보는 마인드맵 관련 책과 강좌들이 많이 나와 있다. 이런 마인드맵을 이용해서 눈앞에 생각을, 고민을 가시적으로 구체화시켜보는 것도 추상적인 생각이란 녀석을 머리 밖으로 끄집어내는 한 방법이리라.

그러나 잊지 말자. 번득이는, 가장 핵심적인 생각은 그런 도구들에 의해 하루아침에 완성되지 않는다. 오랫동안, 많은 경험을 했을 때 제대로 된 생각 이를 테면 삶의 지혜 같은 생각을 찾을 수 있다. 그런 지혜를 쌓는 것에 다시 강조하지만 책만 한 것이 없다. 지혜란 다름 아니라 어떤 것을 분석하고(지), 통째로 바라볼 수 있는 것(혜)이기 때문이다. 그래서 그것을 실천했을 때 얻어지는 것이 지혜라고 나 역시 어디선가 읽었다.

'나의 글쓰기 노트'나 '나의 글쓰기 수첩' 만들기에 성공했다면
좀 더 세부적인 사항으로 나만의 활용법을 한번 생각해보자.

글쓰기에 관한 나만의 노트 만들기

노트를 만들어라? 그것도 글쓰기에 관한 노트를 만들라니 이런 무려 21세기에? 그렇다. 재테크에 조금이라도 관심 있는 이들이라면 이미 알고 있듯이 통장도 쓰임새에 맞춰 이름표를 붙여주는 게 좋다고 하지 않은가?

돈이 있어야 만들 수 있는 통장도 아닌데 노트 한 권에 오늘부터라도 '나의 글쓰기 노트'라고 이름표를 떡 하니 붙여보자. 그 노트에 자신이 좋아하는 글귀를 옮겨 써도 좋고, 하루하루의 감상이나 쓰고 싶은 것들을 적어보자.

처음엔 그 노트의 여백이 너무 크게 다가올 테니 일정표로 사용해도 좋다. 얼마 전 인터넷서점 예스이십사에 MD를 만나러 갔다가 <채널예스>라는 잡지를 발견했다. '이건 또 뭐야?' 하는 생각에

이리저리 넘겨보다가 임경선 작가의 <태도에 관하여>라는 책의 초고 수정과정을 고스란히 볼 수 있는 페이지가 있어 집으로 들고 온 적이 있다. 아마 집에 가서 찬찬히 읽어야지 했던 것 같다.

그러다가 그 잡지를 까맣게 잊고 있다가 어제 저녁 딸아이가 "엄마, 이 아저씨는 왜 아침에 자?" 이래서 다시 들여다본 페이지에는 김중혁 소설가의 일정표가 그려져 있었다. 그게 진짜 김 작가의 일정표인지 설정인지는 몰라도 내 눈에 들어온 하루 일과표가 참 재미났다. 정말 아이의 말대로 새벽에 글을 쓰고, 아침에 잤다가 일어나고 있었다. 많은 작가들이 오로지 글 쓰는 것에만 집중할 수 있는 시간으로 새벽을 선택한다고 하더니 정말 그런가 보다. 그런데 글을 쓰는 시간이 한 시간 정도로 너무 짧다. 전업작가일 텐데 말이다. 그러니 이 일정표는 설정일 가능성이 크지 않을까?

'나만의 글쓰기 노트' 얘기를 하다가 옆길로 좀 샜다. 여하튼 "노트를 만들긴 만들겠는데 그 넓은 곳에 뭘 해요?" 이런 질문을 하신다면 일정표라도 그려 넣으란 소리다. 일기도 좋겠다. 일기가 나왔으니 한 마디 하겠다. 어떤 작가는 작가수업을 받지 않고도, 등단을 하게 됐는데 그 중 가장 중요한 역할을 했던 게 매일매일 빼먹지 않고 썼던 일기였다고 한다. 그만큼 일기쓰기에는 힘이 있다. 일기가 부담스럽다면 그림을 그려도 좋지 않을까?(그러면 어렸을 때 썼던 그림일기를 쓰게 되는 것일까)

여하튼 중요한 것은 1. 노트를 산다. 2. 노트 앞에 라벨을 붙이고 글쓰기 노트라고 쓴다. 3 갖고 다니면서 그곳에 낙서라도 시작해본다. 그러다가 차차 문장으로 표현하는 습관을 들이길 바란다. 물론 이런 일들이 처음엔 쉽지 않을 것이다. 하지만 쓰면 쓸수록 재미도 쏠쏠한 게 바로 글쓰기 노트다. 이건 써봐야 알 수 있는 것이니 그 재미를 알고 싶은 이들은 꼭 한 번 써보길 바란다.

글쓰기 노트 하니 <책벌레와 메모광>에 나온 정민 교수 얘기가 생각난다. 그 분도 메모광이신지라 노트 사기를 밥 먹듯 했다 한다. 그래서 출장으로 해외에 가면 그 나라 노트를 사는 것을 큰 즐거움으로 삼고 있다고. 그래서 아내와 함께 간 출장길에서 애꿎은(?) 구박을 받았다는 에피소드가 책에 담겨있어서 얼굴에 미소가 생기면서 '참 귀

유명작가 중엔 십대, 이십 대 때 기록한 메모 혹은
일기장의 내용으로 소설을 완성했다는 소식도
종종 접할 수 있다. 그래서 나 역시 오래 전 다이어리나
수첩들을 버리지 못하고 있는데, 아직까지는
잘 보관만 하고 있다.

erial
Companion

여우시다' 하는 생각을 하기도 했다. 무려 교수인데도 한 손에 딱 들어오고, 부피나 종이결까지 따져서 그 지역의 명품이나 명물은 고사하고 수첩 사는 데 열을 올리는 그 모습이 저절로 떠올라서였다.

나 역시 다이어리나 노트, 수첩을 모으고, 사고, 선물 받고, 선물해주는 걸 좋아한다. 그래서 해마다 연말이면 '올해 다이어리는 어떤 걸로 장만할까?' 하는 즐거운 고민에 빠지지만 정작 사진 않고, 들어오는 다이어리 중에서 가장 마음에 드는 것으로 그 해 다이어리를 삼곤 한다. 그렇게 선택되는 다이어리를 보면 개중 오래 써도 질리지 않고, 내지가 복잡하지 않은 것들이 나에게 간택(?) 받곤 한다.

얼마 전 지인을 통해 월간지 교열을 본 적이 있다. 그동안 그래도 20년 가까이 글을 써왔기에 이젠 글 쓰는 일이 겁이 나지 않지만 전문적으로 교열 교육을 받지 않는 이상 아직도 헷갈리거나 잘 모르고 있는 것들이 있다. 그래서 예전 대입 볼 때처럼 오답수첩을 만들었다. 역시 모르는 것을 확실하게 알기 위해선 복습이 최고다. 그렇게 해서 그 오답노트를 통해서 그렇게도 매번 띄어 썼던 지난여름을 이젠 꼭 붙여 쓰게 됐다.(일반인들이 꼭 알아야 할 맞춤법과 띄어쓰기는 부록을 통해서 다시 한 번 정리하도록 하겠다)

'나의 글쓰기 노트'나 '나의 글쓰기 수첩' 만들기에 성공했다면 좀 더 세부적인 사항으로 나만의 활용법을 한번 생각해보자. 예를 들면 주부들이 쓰는 가계부만 해도 오프라인으로 쓰는 사람도 있지만 앱으로 쓰는 사람도 있고, 그도 아니면 카드 사용내역을 엑셀로 변환해서 자신만의 가계부를 쓰는 사람도 있는 것처럼 '나만의 글쓰기 노트'도 앞에는 일정을 정리한다거나 중간엔 그날그날 읽은 책 내용들 혹은 명언들을 적어놓거나 그 후반부엔 자신만의 창작(?) 글을 적는 건 어떨까?

유명작가 중엔 십대, 이십 대 때 기록한 메모 혹은 일기장의 내용으로 소설을 완성했다는 소식도 종종 접할 수 있다. 그래서 나 역시 오래 전 다이어리나 수첩들을 버리지 못하고 있는데, 아직까지는 잘 보관만 하고 있다. 대학 때도 학생기자였는데 그때 사용했던 취재수첩이 아직까지 남아있다. 가끔 책장을 정리할 때나 이사를 갈 때 매번 그

수첩들을 보며 '이걸 버려, 말어?' 하는 고민이 심하게 들지만 미련이 남았는지 아직까지 버리지 못하고 있다. 아, 그러고 보니 나는 국민학교 고학년 때부터 줄곧 글 세계에 진짜 일찍 입문한 편인데도 글 상태가 이러니 내가 진짜 글을 잘 쓰기는 하는 것일까 하는 생각이 퍼득 지나간다.

자책은 금물! 내가 글을 잘 써서 이 책을 쓰는 것이 아니라 이런 사람도 이 책을 쓰니 여러분도 글을, 책을 쓸 수 있다는 용기를 드리기 위해서 이 책을 쓴다면 너무 속이 보이나? 여하튼 그 모아둔 수첩 내용, 지금 봐선 뭐 이런 것까지 시시콜콜하게 적어놨나 하는 내용들도 있다. 그래서 재미지다. 그러나 혹시 아는가? 이 책 후편으로 이런 것들을 모아 모아서 어떻게 책을 쓸 수 있는지 보여주게 될 날이 올지 말이다.

함께 읽으면 좋은 책

서민적 글쓰기 서민

이 책은 서민 교수가 글을 쓰면서 경험했던 성공과 실패를 진솔하게 담은 자전적 글쓰기 분투기다. 그가 10여 년에 걸친 혹독한 글쓰기 훈련 과정에서 얻은 것은 책을 바라보는 관점과 글쓰기의 기초, 자기만의 글쓰기 방법의 발견 등이었다.

소설가의 일 김연수

김연수 작가는 이 책에서 생각하기와 말하기, 쓰기의 비밀뿐 아니라 이 생을 살아내기 위해 필요한 삶의 태도에 대해 이야기한다. 2012년 2월부터 2013년 1월까지, 꼬박 일 년, 문학동네 네이버 카페에 연재되었던 말 그대로 '소설가의 일'에 대한 글이다.

동사의 맛 김정선

한국어 동사를 다루되, 일반 독자는 재미있게 읽으면서 동사 활용법을 익힐 수 있고, 글을 쓰거나 남의 글을 다듬는 일을 하는 사람들은 글을 다루는 데 도움을 줄 목적으로 쓰여졌다는 이 책은 그야말로 그동안 찬밥 신세를 면치 못했던 동사의 발견에 관한 책이다.

글쓰기의 최전선 은유

이 책은 글을 쓰려면 자기 정리의 과정을 거치면서 예민해진 감수성으로 타인의 고통에 감응하는 일이 중요하다고 말한다. 이를 위한 방법으로 저자는 시 낭독과 암송, 독서, 합평 등의 독특한 수업 방식을 설명하고, 시집부터 철학서까지 수업 시간에 읽은 65권의 책을 소개한다.

practice ③

내 글을 고쳐보자

글을 쓸 때 육하원칙을 지키는 일은 고3 때 칠판에 분필 날리기를 특기로 하던 역사 선생님 식으로 말하자면 밑줄 쫙 별 100개 정도다.

육하원칙에 맞게 쓴다

육하원칙이란 다들 아시다시피(?) '누가, 언제, 어디서, 무엇을, 어떻게, 왜'를 말한다. 이 육하원칙을 가장 강조하는 글이 기사다. 하지만 나는 앞에서도 말한 바 있듯 좋은 글, 잘 쓴 글의 첫 번째 조건으로 정확한 글이라 말했다.

정확한 글이란 어떤 글인가? 글도 요즘 모 뉴스 프로그램 이름처럼 팩트(사실) 체크를 해야 한다. 물론 소설이나 일기, 자신 혼자만 보는 글일 때는 굳이 이 육하원칙을 따지지 않아도 좋다. 하지만 글을 써서 나 아닌 다른 사람과 소통하고자 할 때는 자신의 글이 이 육하원칙에 맞게 쓰이고 있는지 꼭 확인해 봐야 한다.

많은 이들이 이 육하원칙 중 '누가'에 해당하는 주어를, 그리고 '무엇을'에 해당하는 목적어를 가장 많이 빼놓고 쓴다. 이렇게 주어나 목적어를 빼고 쓰는 주된 이유 중 하나는 그것을 쓰지 않아도 다 알 것이라 생각하기 때문이다. 이것은 엄청난 착각이다. 말처럼 글도 쓰지 않으면 도대체 알 길이 없다.

글을 쓴 후 자신이 쓴 글을 찬찬히 다시 한 번 살펴보자. 이것은 옷을 다 입고 거울에 자신의 모습을 비춰보는 것과 같다. 글의 뼈대인 이 육하원칙 중 어느 것 하나가 빠진 글이라면 옷을 입고 거울을 비춰봤을 때 속옷을 입지 않고 옷을 입은 것과 마찬가지라 할 수 있다. 굳이 그걸 자신의 취향이라고 말하는 이라면 할 수 없지만 글을 쓸 때 육하원칙을 지키는 일은 고3 때 칠판에 분필 날리기를 특기로 하던 역사 선생님 식으로 말하자면 밑줄 쫙 별 100개 정도다.

기본 중 가장 기본. 지금 바로 자신이 글을 쓰던 습관대로 쓰고 육하원칙에 맞게만 고쳐 써도 글이 몰라보게 정확해짐을 확인할 수 있을 것이다. 처음부터 이처럼 육하원칙에 맞게 글을 쓰는 것이 어렵거든 신문 기사를 필사해보는 것도 좋은 방법이다. 신문 기사가 따분하고 재미가 없다면 자주 보는 TV 프로그램 가이드 기사를 써 봐도 좋다. 내일 나올 진짜 TV 프로그램 가이드 기사와 비교해보면 내 기사는 어떤 면이 부족하구나 하는 것을 금세 알아차릴 수 있을 것이다.

글이 산이 아니라 읽는 이의 마음을 울리게 하기 위해선
글을 읽는 이 입장에서 써야 하되, 말하는 사람은 그 내용을 파악하고,
자신이 아는 단어로, 자신의 글로 써야 한다.

짧게 쓴다

처음 글을 쓰는 이들의 문장을 보면 열의 아홉은 너무 길다. 욕심이 많기 때문이다. 한 문장으로 지금 내가 생각하는 것을 모두 넣다 보니 길어질 수밖에 없는 것이다. 그러기에 일단 처음 글을 쓴다면 최대한 짧게 쓴다. 짧게 쓰기가 어렵다는 이들은 신문을 많이 보라. 보고 거기서 더 나아가 똑같이 써보고, 앵커처럼 읽어보자. 이렇게 하다 보면 글을 짧게 쓴다는 게 무슨 말인지 몸으로 알 수 있을 것이다.

짧게 쓴다는 것. 글을 오랫동안 쓴 사람들 그러니까 글 좀 쓴다는 이들에게도 글 짧게 쓰기는 좀처럼 쉬운 일은 아니다. 드라마 <미생>에서도 모 대리가 들어오는 신입한테 주는 공통 미션으로 '글 줄여 쓰기'가 있을 정도로 글을 짧게 쓰는 것은 그렇게 빨리 길들여지는 습관은 아니다. 하지만 글을 조금 더 잘 쓰려는 이들이라면 꼭 거쳐야 하는 단계다.

드라마 <미생>에서 그런 말이 나온다. "글을 쓸 때 자신이 이 비즈니스의 주체라 생각하고 써라. 그래야 글에 힘이 붙는다." 맞는 말이다. 내가 쓴 글의 주인이 다른 사람이 되어 있을 땐 그 글에 힘이 빠져서 무엇을 말하는 글인지 알 수 없게 된다. 그러기에 글이 산으로 가는 것이다. 글이 산이 아니라 읽는 이의 마음을 울리게 하기 위해선 글을 읽는 이 입장에서 써야 하되, 말하는 사람은 그 내용을 파악하고, 자신이 아는 단어로, 자신의 글로 써야 한다.

많은 신입들이 써온 글에서 발견되는 오류는 아는 척, 남의 필체로 쓰는 글이다. 솔직하지 못한 글, 이런 글은 자신이 쓴 글이라 말할 수 없다. 그러기에 짧게 쓰려면 쓰는 사람 본인에게 솔직해야 한다. 나와 이 글을 읽을 사람을 위해 오늘부터 글을 쓸 땐 솔직하기!

또 그러기에 글을 보면 그 사람이 보인다. 오늘부터라도 모든 글 그러니까 회사에서 쓰는 글,

SNS에 쓰는 글, 모든 글이란 글에 자신이 정말 솔직하게 쓰고 있는지 확인해보자. 내가 모르는 내용, 단어가 있다면 확인해보고 그 단어에 자신이 없다면 그 단어를 버리고 다른 단어로 오직 내가 아는 단어로 써도 좋다. 아니 그런 글이 더 좋은 글이다. 이제부터 제발 자신이 쓴 글인데도 누가 물어보면 "글쎄요." 이렇게 대답하는 것에서 자신이 쓴 글이면 자신 있게 내용을 말할 수 있길 바란다.

우리말은 '은, 는, 이, 가, 을, 를' 이 여섯 가지 조사만 잘 써도
글을 잘 썼다는 느낌이 든다.

반복을 피한다

반복, 그러니까 썼던 단어나 조사, 서술어를 계속 해서 쓰지 말란 소리다. 이유는 이렇게 계속 반복해서 단어나 조사, 서술어를 쓰면 글이 늘어지게 되기 때문이다. 늘어진다, '이게 뭔 소린가' 하는 독자들을 위해 지금 곁에 있는 신문을 들여다보시라. 딱 좋은 예로 기자들이 쓴 기사 중 서술어를 보면 거의 글 한 꼭지(코너)에 같은 서술어를 구사하고 있지 않을 것이다. '~할 것으로 기대된다' '~할 계획이다' 등 말을 끝맺는 서술어로 '~다'는 말만 있지 않다는 것을 새삼 알게 될 터이다.

다음은 조사의 반복. 우리말은 '은, 는, 이, 가, 을, 를' 이 여섯 가지 조사만 잘 써도 글을 잘 썼다는 느낌이 든다. 제대로 된 조사를 쓰지 않는 이유는 글쓴이의 무성의함과 성급함이 녹아있기 때문이다. 이렇기 때문에 제대로 된 조사를 쓰지 않으면 '이 글 정말 대충 썼군' 하는 생각과 함께 '이게 무슨 소리지?' 하고 몇 번을 들여다봐야 하는 글이 된다. 그러기에 정확한 뜻을 전달하기 위해서는 정확한 조사 사용과 더불어 글의 맛을 살리기 위해선 썼던 단어와 서술어 반복을 피해야 한다.

글을 쓴 다음 읽어봐서 그 뜻(전달하려는 메시지)이 쉽게 와 닿지 않으면 분명 이 세 가지 중 한 가지가 지켜지지 않았을 확률이 크다. 그러니 글을 쓰고 '이게 무슨 소리지?' 하는 생각이 들거든, 다시 한 번 이 세 가지를 떠올려 그 글을 꼼꼼히 살펴보시라. 분명 그 글 중에는 어울리지 않은 조사를 붙여놨거나 한 번 썼던 단어나 서술어를 계속 써놨을 확률이 높을 것이다.

그래서 글 좀 쓴다는 사람들의 어휘력은 대단하다 느낄 때가 많다. 나는 그저 있는 사실을 그대로 옮기는 기사를 주로 써왔던 사람이기에 그렇지 않는 글들 예를 들면 수필이나 소설 등을 보면 '정말 같은 문장도 저렇게, 저런 단어를 쓰는 구나' 하며 놀랄 때가 한두 번이 아니다.

하지만 지금, 그러니까 처음 글을 제대로 써

보자 할 때는 이런 멋과 맛을 살릴 때가 아니라 정확히 써야 하는 것에 방점을 찍고 글을 써 버릇해야 한다. 패션, 음식에도 기본이 있듯, 글에도 면티와 청바지, 장(고추장, 된장)과 김치 같은 기본이 있다. 자고로 기본이 튼실해야 그 위에 덧붙이는 것들이 제대로 살아나는 법이다.

¶

'의' 자를 많이 쓴 글 치고 뜻이 분명하게 들어오거나 글이 갖는 힘을 느끼기 어렵다. 그러니 이 글을 읽는 여러분도 가능한 '의' 자를 쓰지 않거나 적게 쓰도록 노력해야 할 것이다.

'의' 자를 다 빼보자

언젠가 어렸을 적 그러니까 지금으로부터 한 십 년도 더 넘은 거 같다. 그때 무슨 생각이었는지 헌책방 모임에 가입한 적이 있었다. 그 헌책방 모임이 어디에 개설된 모임이었는지 지금은 기억도 가물가물하지만 그 모임을 이끈 이가 최종규 씨였다는 건 아직도 분명히 기억한다. 최종규 씨로 말하자면 책과 우리말을 사랑하는 이로서 <헌책방에서 보낸 1년> <숲에서 살려낸 우리말>과 같은 관련 책도 여러 권 냈다.

기억을 더듬으려고 '최종규'라는 이름으로 검색을 했는데, 결혼을 하고 아이 둘과 함께 귀촌을 해서 도서관을 하고 있나 보다. 여하튼 그가 하루는 한국외대에서 모이자고 했다. 여름이었던 거 같은데, 한 네다섯 명 정도 모인 우리는 등나무 그

늘에 쪼르르 앉아서 글 속 '의'자를 뽑아냈다. 마치 그의 눈에 이 '의'자가 논바닥 쓸모 없는 피처럼 보였다 보다. 그런데 그 '의'자 뽑기가 생각보다 쉽지 않았다. 생각 없이 그간 '의'자를 생각보다 많이 쓰고 있었음을 그 자리에서 바로 알 수 있었다.

그는 '의'자를 뽑아낸 문장을 우리에게 고쳐 써보게도 하고, 손수 이렇게 고치면 어떻겠냐고 물어보기도 했던 기억이 난다. 그때 열심히 그렇게 문장 고쳐 쓰는 수업을 했더라면 아마 나의 글쓰기 실력도 지금보다 더 좋아졌을 텐데, 솔직히 말하자면 젊었을 때라 그런지 수업보다는 잿밥에만 더 눈이 가긴 했다. 예를 들면 수업 후 마시는 막걸리, 신촌역 언저리에 있던 맥주집(아, 글을 쓰면서 그 맥주집 이름이 생각났다. 서른 즈음에. 그래서 김광석 노래를 엄청 듣곤 했다. 이렇게 글을 쓰면 옛 기억도 되살릴 수 있다. 글쓰기 좋은 점 하나 추가!)에서 마시던 맥주 등이 그러곤 했다.

기고 글이나 청탁 글을 받아서 보면 '의'자를 무의식 중에 정말 많이 쓰는 이들을 발견할 수 있다. 그럴 때면 체념하고 일단 무상무념으로 '의'자를 다 뺀다. 그런 다음 말이 안 되면 다시 말을 만

든다. 위에서 '의'자가 논바닥에 있는 피와 같다고 했다는데, 확실히 이 '의'자는 글의 피를 빨아먹는 듯하다. '의'자를 많이 쓴 글 치고 뜻이 분명하게 들어오거나 글이 갖는 힘을 느끼기 어렵다. 그러니 이 글을 읽는 여러분도 가능한 '의'자를 쓰지 않거나 적게 쓰도록 노력해야 할 것이다. 지금 당장 자신이 쓴 글에서 '의'에 동그라미를 해보고 그 '의'자 대신 다른 말로 바꿔서 글을 정리해보자. 아마 글이 단번에 훨씬 좋아짐을 느낄 것이다.

이렇게 좋은 글을 쓰기 위해선 꼭 글을 쓰는 것 외에도
글 가까이 있는 사람들, 글과 관련된 모임,
책 읽기와 관련된 모임들에 관심을 가지면 조금 더 쉽고
재미있게 글쓰기를 시작할 수 있다.

쉼표를 적당히 쓰면 읽는 이가 정말 쉬고 싶지만 너무 많이 쓰면 호흡도 끊어지고, 시각적으로도 지저분해 보인다. 그러니 쉼표는 정말 꼭 쉬어야 할 때 그리고 무엇인가를 나열할 때, 구분할 때 쓰면 되겠다.

쉼표는 진짜 쉴 때만 쓴다

아주 쉬운 질문 하나. 글을 쓸 때 쉼표는 언제 써야 하나? 당연히 문장에서 잠깐 쉴 필요가 있을 때 쓴다. 그런 당연한 사실을 알고 있음에도 글을 쓸 때는 이 또한 좀 전의 '의'자처럼 정말 지켜지지 않는 것 중 하나다.

쉼표를 정말 많이 쓴 글을 받으면 나는 또 '의'자 뽑아내기를 할 때처럼 쉼표를 일단 다 지운다. 그런 다음 정말 쉼표를 넣어야 할 곳만 찾아서 다시 넣는다. 그런데 이렇게 글을 전면(?) 수정하고자 할 때는 반드시 글쓴이에게 연락을 해서 사전 동의를 얻어야 한다. 간혹 지체 높으신 분들의 원고일 경우 절대 수정하지 말라고 표시돼 있는 경우도 종종 있기 때문이다.

여하튼 이 책은 편집자들을 위한 책이기 보다

는 일반인들을 위한 책이기에 글을 쓸 때 쉼표를 생각해가면서 적당히 쓰란 얘길 당부 드리고 싶다. 그 이유는 쉼표를 적당히 쓰면 읽는 이가 정말 쉬고 싶지만 너무 많이 쓰면 호흡도 끊어지고, 시각적으로도 지저분해 보인다. 그러니 쉼표는 정말 꼭 쉬어야 할 때 그리고 무엇인가를 나열할 때, 구분할 때(신경숙 씨는 쉼표를 큰따옴표 대신 쓰곤 한다) 쓰면 되겠다.

이어서 쉼표 얘기가 나왔으니 각종 문장부호에 대해 언급 한 번 하고 넘어가겠다. 물음표, 느낌표는 다 알아서 잘 쓰는 것 같고, 작은따옴표, 큰따옴표를 구분하지 않고 쓰는 이들이 많은 듯하다. 하여 말씀드리자면 작은따옴표는 주로 문장에서 생각을 옮길 때, 어떤 단어를 강조하고자 할 때 쓰는 반면, 큰따옴표는 남의 말을 인용하고자 할 때 쓰인다. 이 둘의 사용법이 헷갈릴 때는 큰따옴표는 '남의 말을 가져올 때 쓴다'로 한쪽만 확실하게 외워두는 것도 좋다.

각종 문장부호 얘기가 나오니 또 문장 수정할 때 어떤 기호를 쓰는지 궁금하다면 이 책 부록에 조금 더 전문적인, 하지만 언젠가 우리가 배웠던 것들을 다시 한 번 찾아볼 수 있을 것이다.

간혹 교정 부호를 잘 몰라서 한글로 옆에 깨알같이 써놓은 것을 보면 조금은 안쓰러운 마음과 함께 '단순한 교정 부호 몇 개 외워두면 훨씬 더 소통이 잘 될텐데' 하는 생각이 들기도 한다.

그리고 자신이 쓴 글을 수정할 때 이처럼 교정 부호를 써서 수정하다 보면 쓱쓱 종이에 그려지는 교정 부호도 그렇고 은근 자신이 작가 같은 느낌이 들어서 살짝 재밌기도 하다. 이 또한 해본 사람만 아는 글쓰기의 아주 소소한 즐거움이다.

지금 당장 자신이 작성한 글을 소리 내서 읽어보시라. 어디서 막히는가?
당연히 문장이 긴 곳에서 흐름을 놓쳐서 잘 읽히지 않을 것이다.

소리 내어 읽어본다

글을 쓰는데, 소리 내어 읽어본다? 해보지 않은 사람은 이해되지 않을지 모르겠지만 해본 사람들은 그 효과를 단번에 알 수 있다. 그러면 글을 쓴 다음 왜 소리 내어 읽어봐야 하는 걸까? 그건 글의 흐름이나 운율, 길이를 눈으로 보기 혹은 눈으로 따라 읽기 보다 더 정확하고 효과적이기 때문이다.

어떻게 효과적인가? 그건 읽어본 사람만 알 수 있나니, 지금 당장 자신이 작성한 글을 소리 내서 읽어보시라. 어디서 막히는가? 당연히 문장이 긴 곳에서 흐름을 놓쳐서 잘 읽히지 않을 것이다. 그러니 자신이 쓴 글을 이렇게 소리 내어 읽어보면 일단 가장 좋은 건 문장을 짧게 쓸 수 있어서 좋다. 그 다음으로는 소리 내어 읽다 보면 시를 읽는 것처럼 운율을 느낄 수 있어 적당한 단어로 바로 바꿔쓸 수 있다.

이렇게 글쓰기에 있어서 소리 내서 읽는 것 자체 만으로 좋은 점이 한두 가지가 아니지만 막상 자신이 쓴 글을(시도 아닌 글을) 읽는다는 건 어색한 일이긴 하다. 그럴 때는 처음부터 자신이 쓴 글이 아닌 정말 시를 읽어보거나 평소 자신이 좋아하던 글귀를 소리 내서 읽어보는 것도 좋은 방법 중 하나다. 그런 다음 글을 소리 내서 읽는다는 행위(?)가 어색하지 않게 되면 그 때 자신이 쓴 글 중 비교적 짧은 글 한 편을 소리 내서 읽어본다. 프린트 해서 읽든, 그렇지 않든 도중 수정할 부분이 생기면 바로 수정을 해도 좋지만 처음 한 번만 읽어서 수정하기는 좀 어려울 것이다. 그러니 두세 번 읽은 다음 꼭 수정해야 할 부분부터 수정해가면서 또 그 수정한 대로 다시 한 번 반복해서 읽는 것이 좋다.

요즘처럼 사람살기 힘든 시기엔 많은 이들이 생각 없이 그저 지친 마음과 몸을 쉴 요량으로 찾는 책들이 인기란다. 그래서 유명한 시나 문구를 따라 써보는 필사나 동네 작은 책방에선 시 읽기 모임, 글쓰기 모임도 열린다고 한다. 이런 뜻 맞는 사람들과 함께 글을 읽어보고, 써보는 것 자체가 글을 가까이 하기 위한 좋은 행동이지 않을까? 일요일 오후, 언젠가 들린 논현동 북티크 한 귀퉁이에선 책방 불까지 낮춰놓고 시를 읽는 모임을 갖고 있었다. 순간 그 모임에 참여하고 있는 사람들이 참 부러웠다. 이렇게 좋은 글을 쓰기 위해선 꼭 글을 쓰는 것 외에도 글 가까이 있는 사람들, 글과 관련된 모임, 책 읽기와 관련된 모임들에 관심을 가지면 조금 더 쉽고 재미있게 글쓰기를 시작할 수 있다.

아, 이건 쓰면서도 책을 보시는 분들이 '와, 우릴 무시하는 거 아냐?' 하는 소리를 하실 수도 있겠지만, 많은 이들이 한글의 자음, 모음을 제대로 읽을 수 있는 이들이 적은 듯하다. 분명 국민학교, 초등학교에서 안 배웠을 리 만무하지만 말이다. 그래서 한 번 짚고 넘어가자. 모음은 대략 잘 읽으시니, 자음만 언급해보겠다. 다 우리글을 읽고, 다른 사람과 대화할 때 꼭 필요한 지식이다.

ㄱ(기역), ㄴ(니은), ㄷ(디귿), ㄹ(리을), ㅁ(미음), ㅂ(비읍), ㅅ(시옫), ㅇ(이응), ㅈ(지읃), ㅊ(치읃), ㅋ(키읔), ㅌ(티읕), ㅍ(피읖), ㅎ(히읗).

이 책을 읽는 독자 여러분들이여.

글을 쓰다가 모르는 것이 있다면 주저 말고 물어보시라.

정 물어볼 사람이 없다면 나에게 SOS를 치시라!

지인에게 보여준다

지인이라고 하면 '아는 사람' 정도로 풀이 된다. 일단 회사 동료든, 가족이든, 친구든 최대한 많은 이들에게 자신이 쓴 글을 보여줄 필요가 있다. 글을 좀 더 잘 쓰기 위해 이 작업은 정말, 꼭 필요한데 그럼에도 불구하고 처음엔 굉장한 '용기'를 필요로 한다. 나 역시 이 책을 쓴다고 하고선 목차를 잡고 어느 정도 글을 쓰다가 맨 처음 아는 사람에게 내 글을 보여준 적이 있다. 글을 그래도 직업적으로 쓴다는 나도 그 과정이 쉽지만은 않았다.

그러니 일반인들은 어떠랴(이 말은 일반인들을 폄하하는 말이 아니라, 그런 과정이 익숙치 않으니 영 어색했으리라는 말이다). 여하튼 그 '용기'를 냈다면 진심으로 일단 박수를 쳐줘야 하고, 그 글을 잘 봐줄만한 사람으로는 대체로 그 글의 독

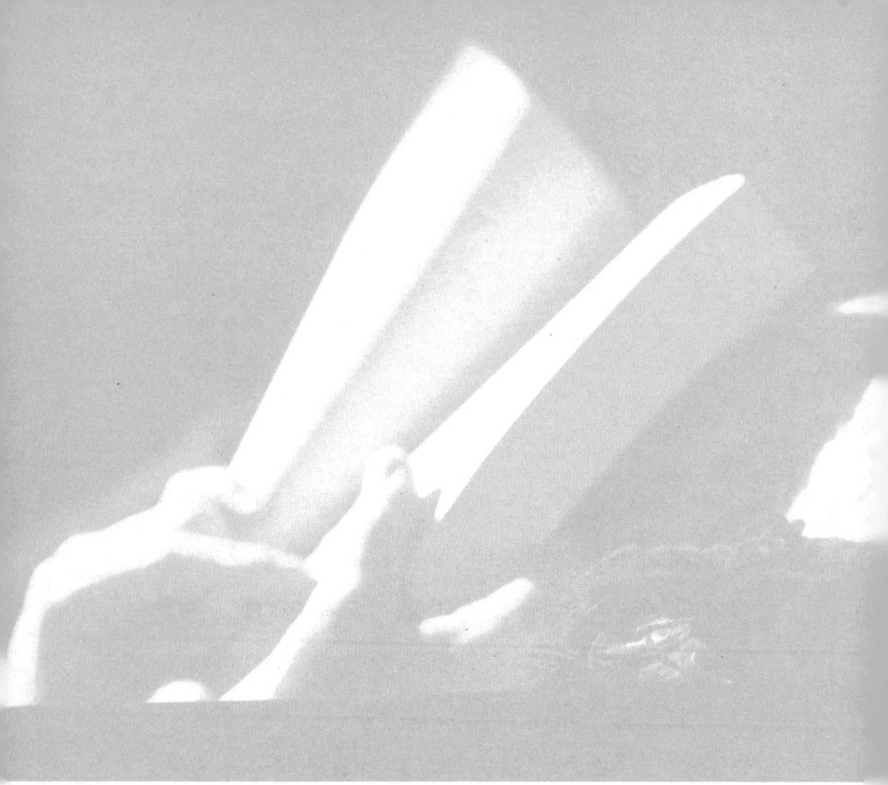

글을 잘 봐줄만한 사람으로는 대체로
그 글의 독자 타깃에 가까운 사람일수록 좋다.
예를 들면 회사 기획서라면 회사에 다니고 있으며,
그 글을 컨펌할 상사와 비슷한 눈을 가진
사람이면 금상첨화이리라.

자 타깃에 가까운 사람일수록 좋다. 예를 들면 회사 기획서라면 회사에 다니고 있으며, 그 글을 컨펌할 상사와 비슷한 눈을 가진 사람이면 금상첨화이리라.

그리고 가능한 한 사람이 아니라 여러 사람에게 그 글을 보여주는 게 더 좋다. 그래서 모인 결과는 가능한 수정하는 것이 좋다. 수정하지 않을 것이라면 아예 글을 다른 사람들에게 보여줄 이유가 없지 않은가? 그러니 "처음부터 다시 써라." 혹은 "구성을 다시 짜봐라."라는 큰 틀을 흔드는 것이 아니라면 밤을 새우더라도 고치고, 또 고쳐서 쓰는 그야말로 노력이 필요하다.

자신의 글을 봐준 그 지인이 여러분이 쓴 글의 첫 번째 독자다. 그러니 그 독자의 의견을 소중히 여겨 반영해야 한다. 간혹 어떤 이들은 실컷 글에 대해 내 의견을 말해줬는데도 나중에 보면 어느 것 하나 반영하지 않는 사람도 있다. 그런 사람을 보면 옹졸한 마음일지는 몰라도 '그럴 거라면 내게 왜 글을 보여줬지?' 하는 생각이 들기도 한다.

간혹 지인의 피드백이 너무 날카롭거나 이해가 안 된다면 끝까지 묻고, 얘기해서 앞으로 자신의 글을 어떻게 고쳐야 할지 머리에 그려지는지 살펴보자. 직장생활을 할 때도 상사가 글을 이렇게 고치라고 알려줬는데, 다시 갖고 오는 건 영 이상하게 고친 걸 들고 오는 사람들이 있다. 그래서 왜 그렇게 고쳤는지 물어보면 "그때 말씀하신 걸 잘 못 알아들었다."고 말하는 이들이 있다. 그럴 때 상사는 뒷목이 뻐근하다. 모르는 게 있다면 그때그때 물어보는 것, 비단 이 문제는 글쓰기에만 국한되는 것은 아니다. 옛말에도 있지 않은가. 아는 것을 안다 하고, 모르는 것을 모른다고 할 때 그것이 진정 아는 것이라는….

이 책을 읽는 독자 여러분들이여, 글을 쓰다가 모르는 것이 있다면 주저 말고 물어보시라. 정 물어볼 사람이 없다면 나에게 SOS를 치시라!(연락처는 저자 소개란을 보시면 된다)

함께 읽으면 좋은 책

당신의 이름을 지어다가 며칠을 먹었다 박준

어떤 시집이 나오는지, 가격이 얼마인지 가물가물한 요즘, 그래도 이 시집은 베스트셀러에 몇 주 동안 올라있어서 화제가 된 책이다. 2008년 '젊은 시의 언어적 감수성과 현실적 확산 능력을 함께 갖췄다'는 평을 받으며 〈실천문학〉으로 등단한 박준 시인의 첫 시집이다.

눈사람 여관 이병률

온전히 혼자가 되는 일은 자신을 확인하고 동시에 타인을 발견하게 되는 과정이라 말하는 이병률 작가는 '눈사람 여관'은 모두가 객체가 되는 공간이자 타인의 삶을 온몸으로 겪게 되는 슬픔의 처소라 얘기한다.

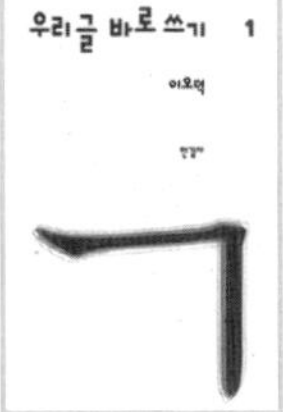

우리 글 바로쓰기 이오덕

우리 말과 글을 살리기 위해 노력해온 저자의 〈우리글 바로쓰기〉. 저자는 잡스런 말을 세 가지로 나눌 수 있는데, 첫째는 중국글자말, 둘째는 일본말, 셋째는 서양말이라고 말한다. 흘러들어온 세 가지 말의 깊은 뿌리와 뒤엉킴을 잘 살피고, 우리 말을 바로 쓰기 위한 길잡이 책.

practice ④

상황에 맞는 글쓰기

1. 일상생활

페이스북에서 절대 하지 말아야 할 6가지 행동

1. 페이스북에 자주 글을 올리지 않는다.
2. 글 내용이 불평불만, 남을 험담하는 내용이 주를 이룬다.
3. 너무 사적인 취향을 '적극' 드러낸다.
4. 친구들의 댓글에 절대 반응하지 않는다.
5. 주야장천 자기 자랑만 한다.
6. 절대 친구들 글을 '좋아요'한다거나 '댓글 달기'를 하지 않는다.

SNS에는 어떻게 써야 할까?

페이스북이 무엇에 쓰는 물건인지 물어보는 이들도 있겠다. 페이스북은 소셜네트워크서비스(Social Network Service) 중 하나로 나와 친구를 맺은 이들의 소식을 페이스북 내 뉴스피드(담벼락)라는 곳에서 볼 수 있는 곳이다. 이렇게 말해도 이게 부엇인지 모른다면 지금 검색창에 페이스북이라고 치면 되시겠다.

"이런 불친절한 답변 같으니"라고 말하며 혀를 끌끌 차도 어쩔 수 없다. 이 책의 목적은 페이스북이 어떤 것인지 알려주는 데 있지 않고, 페이스북에 어떻게 하면 글을 잘 쓸 수 있는지 알려주고자 하는 책이니 말이다.(이렇게 말하고 보니 정말 글을 잘 쓰는 비법이라도 알려드려야 할 것 같은 묵직한 책임감이 든다)

그러나 지금까지 책을 읽어봤다면 알겠지만 이 책 어디에도 글을 잘 쓰는 비법 같은 것은 없다. 다만 글을 씀에 있어 이것만큼은 알고 써야 한다는 정도 혹은 글을 쓸 때 이것 정도는 지켜야 글을 읽는 사람과 소통할 수 있을 것이란 얘길 하고 있다는 편이 이 책을 쓰는 목적이라 할 수 있겠다. 거기에 살아보니, 아니 나이가 얼마인데 살아보니라는 말을 쓰나 하겠지만 내가 남들보다 쥐꼬리만큼 잘하고 좋아하는 일이 글 쓰는 일이란 걸 안 지가 초등학교 4학년 정도였으니 '살아보니' 라는 말을 써도 될 듯싶다.

그러니 살아보니, 정말 어느 분야든 천재적인 사람 빼고 다른 사람들에게 감동을 줄 수 있는 것은 작품이나 프로젝트의 결과물이 아닌 것 같다. 그 작품이나 프로젝트에 임하는 사람, 그 사람의 진심이 타자에게 얼마만큼 이해되고 소통됐는지가 관건인 것 같다.

잠시 옆길로 샜다. 위 몇 줄은 이 책과 관련된 나의 진심 어린 호소라고 이해하시고, 본론으로 돌아가서 지금이야 뉴스피드에 친구들 소식보다 광고가 더 많이 보이지만 초창기만 해도 페이스북은 트위터(이것도 SNS 중 하나다)와는 다른 재미를 주곤 했다. 그러면서 차츰차츰 어떤 이들의 페이스북은 친구가 엄청 많아지고, 팔로잉수도 엄청나게 느는 반면 어떤 이들은 "페이스북은 내 스타일이 아닌 것 같아." "페이스북에 어떻게 글을 쓰면 내 페이스북도 인기를 끌 수 있을까?"라는 질문들을 쏟아놓기에 이르렀다.

맞다. 지금 이순간에도 페이스북은 변하고 있고, 어떤 이들의 페이스북은 댓글에 댓글로 한 개의 포스팅에 몇 백 개의 댓글이 달리고, 또 몇 백 번의 공유가 이뤄지는가 하면 어떤 글들은 페이스북에 글을 썼는지, 안 썼는지도 모르게 수많은 뉴스피드 속으로 감쪽같이 사라지고 있다.

그렇다면 이 책을 읽고 있는 이들이 가장 궁금해 할 질문, 어떻게 써야 내 페이스북이 내 친구의 페이스북보다 인기를 끌 것인가? 답은? 글쎄, 하지 말아야 할 것으로 얘기하는 게 더 빠르겠다.

페이스북에서 절대 하지 말아야 할 6가지 행동

1. 페이스북에 자주 글을 올리지 않는다.

2. 글 내용이 불평불만, 남을 험담하는 내용이 주를 이룬다.
3. 너무 사적인 취향을 '적극' 드러낸다.
4. 친구들의 댓글에 절대 반응하지 않는다.
5. 주야장천 자기 자랑만 한다.
6. 절대 친구들 글을 '좋아요' 한다거나 '댓글 달기'를 하지 않는다.

이 <페이스북에서 절대 하지 말아야 할 6가지 행동>은 어느 곳에서 결론을 갖고 온 것은 아니고, 극히 내 주관적인 생각이다. 하지만 나도 전직 IT 관련 언론인으로서(왠지 먼 옛날 같은 느낌) 아주 오래 전부터 페이스북을 하면서 느껴왔던 것을 이 책을 쓰면서 정리해본 것이니 영 쓸데없는 말은 아닐 것이다. 어딘가 찾아보면 이와 같은 그러니까 페이스북이나 SNS에서 절대 하지 말아야 할 행동들을 정리해 놓은 리스트들이 있을 것이다. 약간 부가적인 설명을 한다면, 그 전에 있어 여기서 말하는 페이스북은 개인 계정의 페이스북을 말한다. 기업 혹은 회사의 페이스북은 약간 다를 수

있을 듯하다.

첫째. 페이스북에 자주 글을 올리지 않으면서 댓글이 많이 달리길 바란다면 그건 오산이다. 자주 써야 다른 이들의 눈에 자주 띄고 그래야 친구들이 간단하게라도 댓글을 달 수 있다. 그리고 이건 팁인데, 난 자주 쓰는데도(적어도 1일 1 포스팅) 댓글이 안 달린다고 할 때는 문장 끝을 물어보는 말로 끝내보는 것도 괜찮다. 어느 누구나 답을 할 수 있는 질문으로 소재를 고르고 친구들에게 질문을 날려보자. 그러면 그 어느 때보다도 댓글로 답을 달 가능성이 높아지리라. 하지만 이도 때를 가려서, 페이스북의 친구들을 봐가면서 해야 한다. 잘못하면 작정하고 날린 물음표가 침묵의 메아리로 되돌아 올 수 있다.

둘째. 글 내용이 불평불만, 남을 험담하는 내용이나 욕이 주를 이룬다. 이건 말 그대로다. 어떤 이의 페이스북은 만날 불평불만과 남 욕하는 글이 태반이다. 그런 페이스북에 댓글이 많이 달리는 걸 나는 아직 보지 못했다. 나쁜 일은 자신이 감당하자. 대부분의 사람들은 페이스북을 통해서 욕을 보고 싶어하지 않는다. 그러니 되도록이면 나누고 싶은 얘기, 나누고 싶은 정보 등으로 당신의 담벼락을 채우길 바란다.

셋째. 너무 사적인 취향을 '적극' 드러낸다. 예전에 어떤 사람의 페이스북을 본 적이 있다. 자정 무렵이었는데, 온갖 야한 사진들이 넘쳐나고 있었다. 물론 남자분이고, 밤이니깐 그럴 수도 있겠다 싶었지만, 페이스북에서 그 분과의 친구 관계가 오래 가지 않았던 이유는 아마도 너무 사적인 취향을 만인과 공유하고 싶어했던 것에 있지 않았나 싶다. 이 외에도 페이스북에서는 정치, 종교 등을 적극적으로 내비치는 것도 친구 관계를 오래 가지 않게 하는 요인이라 생각한다.

넷째. 친구들의 댓글에 절대 반응하지 않는다. 댓글을 다는 것에도 어느 정도의 센스와 노력이 필요하다. 그런 노력의 결실로 이뤄지는 댓글을 그냥 무시한다는 건(댓글에 반응을 하지 않는다는 것) 그 댓글을 무시하는 것이자 그 댓글을 쓴 사람을 무시한다는 인상을 주기 쉽다. 일단 댓글이 달리면, 그 댓글에 최소한 '좋아요'나 '댓글 달기'로 호응해줘야 한다. 어느 곳에서 읽었는데, SNS에서 댓글 잘 다는 방법은 한 번쯤 생각하게 하는 댓글이란다. '한 번쯤 생각하게 하는 댓글이라' 혹 이런 것은 아닐까? 예를 들면, 화창한 햇살을 찍은 사진과 함께 "오늘 날씨 정말 좋네요. 이런 날은 회사가 아니라 어디로든 훌쩍 떠나고 싶네요." 하는 포스팅이 올라온다면 댓글로는 뻔한 날씨 얘기를 할 게 아니라 한 술 떠서 "혹시 에펠탑 아래?" 하는 댓글을 쓴다면 쓰는 사람도, 읽는 사람도 재미있게 웃고 넘어갈 수 있으리라. 하지만 이런 댓글도 그 글을 쓰는 사람과의 관계를 생각하면서 써야 할 것이다. 별로 친하지도 않은데 오버하는 댓글은 아예 '좋아요' 버튼보다 못 하다.

¶ **다섯째.** 주야장천 자기 자랑만 한다. 한때는 우리나라도 해외여행이 자유롭지 못 했으니 해외여행 가는 사람들이 동경 대상이었던 때가 있었다. 하지만 지금은 '돈'과 '시간'만 있으면 가는 곳이 해외여행이자 제주도 같은 곳은 해외여행보다 비싸니 이제 해외여행이라고 다 좋은 것만도 아닌데 SNS에 보면 아직도 해외여행이나 맛집 음식만 줄비하게 올리는 사람들이 있다.

물론 해외여행 사진이나 맛집 음식 사진이 나쁘다는 건 아니다. 하지만 그저 자랑식으로 올리는 데는 '좋아요'를 누르는 것도 한계가 있다는 얘기다. SNS라는 곳은 친구들, 즉 관계를 맺은 사람들과의 이야기 창구이지 나의 자랑 공간이 아니다. 더불어 나 역시 아이가 있어서 어릴 때 아이 모습을 몇 번 올린 적 있는데 요새는 아이 사진을 거의 올리지 않는다. 생각해보니 이마저도 '남의 눈에는 자랑일 수 있겠구나' 하는 생각이 들어서다. 나는 내 자식이니까 예쁘고 귀여운 것이지 않은가? 남은 그저 아이일 뿐이다.(쓰고 보니 너무 차가운 말인 듯한데, 여하튼 이 문단의 요지는 조금은 조심해서 글이나 사진을 올리라는 얘기다)

여섯째. 절대 친구들 글을 '좋아요' 한다거나 '댓글 달기'를 하지 않는다. 옛말에 '품앗이'라는 말이 있다. 한창 바쁠 때 이쪽 집 일을 도와주면, 다음 번 내가 바쁠 땐 그 집에서 도와주는 우리 옛 풍습 중 하나다. 살다 보면 이 품앗이가 SNS에서도 일어나는 걸 알 수 있다. 자신은 SNS에서 활동을 열심히 한다곤 했는데, 통 반응이 없다면 다른 사람들 글에 내가 얼마만큼 반응을 해줬는지 다시 한 번 살펴볼 필요가 있다. ¶

분명 다른 이들 글에는 어떤 반응을 하지 않

았을 확률이 높을 것이다. 그도 아니면 내가 올리는 글이나 사진에 문제가 있는 것이다. 글이나 사진에 관해선 앞서 말한 것들이 있으니 그것들을 적절히 참고하면 해결될 문제이리라. 앗, 이것은 막간 찬스. SNS도 마찬가지다. 인기가 많은 SNS 스타일을 따라서 약간의 변형을 주는 것도 자신의 SNS 채널을 효율적으로 관리하는 방법이다. 모든 모방은 창조의 어머니다!

다른 사람들과 공유하고 싶은 얘기가 있어서 순수하게 블로그를 했다면 끝까지 그 순수성을 지켰으면 하는 바람이다.

블로그에는 어떻게 써야 할까?

블로그. 잊을 만하면 뉴스에서 스타 블로거들의 이중적인 모습이 종종 보도되곤 한다. 좋지 않은 모습부터 말해서 그렇지만 우리가 알고 있는 블로그란 자신의 취미, 자신이 알고 있는 정보를 공유하는 온라인의 순수한 영역이었기에 그곳이 상업적으로 얼룩졌을 때 받아드리는 충격(?)은 여타의 것보다 더 크다 할 수 있겠다.

그러기에 블로그 글쓰기를 언급함에 있어 가장 먼저 개인적으로 다른 사람들과 공유하고 싶은 얘기가 있어서 순수하게 그 시작을 했다면 끝까지 그 순수성을 지켰으면 하는 바람이다. 하긴 막상 자신의 블로그가 그런 제의를 받는다면 솔직히 조금은 마음이 흔들릴 수도 있을 듯하다. 하지만 그 블로그를 쉼터로 찾았던 이들이 겪을 아쉬움을 생

블로그도 또 하나의 오프라인 글쓰기와
다르지 않다는 것과 좀 더 본질적인 얘기 그리고
오래도록 블로그를 하기 위한 얘기들을
해보려 한다.

각해보시라. 그러니 돈 앞에서 조금은 냉정한 모습을 유지하기를 블로그도 하지 않는 내가 감히 부탁드린다. 본론으로 돌아가자. 블로그에 글쓰기, 블로그에 글 잘 쓰기, 효과적인 블로그 글쓰기, 찾아보면 블로그 글쓰기만큼 많은 테크닉과 검색에 잘 노출되는 법 등이 잘 정리된 것이 없다.

혹자는 검색에 잘 걸리게 하기 위해선 태그(그때 당시 유행하는 용어나 단어를 꼭 넣고) 선택과 두 줄은 텍스트로 그것도 친구에게 말하듯 자연스럽게 톤&매너를 유지하고 사진을 그 텍스트 앞뒤에 놓아서 몇 번을 반복하면 검색에 그야말로 포스트를 올리는 즉시 그 족족 다 걸린단다.

하지만 이 책에서는(이 책을 읽으시는 분 중 그런 걸 원한다면 죄송하지만 다른 곳에서 찾아보시길) 블로그도 또 하나의 오프라인 글쓰기와 다르지 않다는 것과 좀 더 본질적인 얘기 그리고 오래도록 블로그를 하기 위한 얘기들을 해보려 한다. 그 얘기는 10년 넘게 블로그를 운영하고 있는 송민섭 블로거에게 들어보도록 하자.

고민하지 말고, 지금 바로 시작해보세요

interview

송민섭 블로거에게 물었습니다!

이 글을 읽는 독자들을 위해 간략하게 본인 그리고 블로그 소개 부탁드립니다.

'페이퍼온넷(www.paperon.net)'이란 IT 블로그를 운영하고 있는 게으른 블로거입니다. 개인적으로 시작했던 블로그의 매력에 빠져 10년 넘게 블로그를 공부하면서 만들고 있습니다. 현재는 기업 블로그를 구축하고 블로그의 콘텐츠를 기획·제작하는 일을 하고 있습니다. 취미로 시작한 블로그가 직업이 되었습니다.

블로그는 언제부터, 왜 시작하셨는지요?

10년 전, 사회 초년생으로 익숙하지 않았던 온라인 웹사이트 기획 업무를 하다가 경험하게 된 실수담을 일기처럼 블로그에 쓰기 시작했습니다. 그렇게 공유했던 제 실수담에 공감해 주는 다른 블로거들을 만나게 되었습니다. 지금은 저와 비슷하게 IT 업계 전반에서 다양한 일을 하는 분들을 블로그를 통해서 만났던 것이었죠. 그런 만남이 지금까지 블로그를 운영하는 힘이 되고 있습니다.

요샌 페이스북 등 블로그 외 SNS 등을 많이 하는데요. 그래도 계속 블로깅을 하는 데는 그 나름의 매력이 있다고 생각합니다. 본인이 생각하는 블로깅의 매력은 무엇인가요?

저는 블로그를 먼저 시작했습니다. 지금은 우리나라에 스마트폰과 함께 트렌드가 된 트위터, 페이스북 등 SNS 채널도 자연스럽게 운영하게 되었습니다. 트위터, 페이스북은 채널 성격상 제가 발행한 콘텐츠가 오래가지 못하고 금방 휘발되어 버립니다. 하지만 블로그는 다릅니다. 1년 전에 발행한 콘텐츠도 같은 이슈가 반복되는 시즌에 맞춰 또다시 검색되고 회자될 수 있지요. 고민해서 어렵게 제작한 콘텐츠가 이왕이면 오랫동안 많은 사람에게 읽힌다면 더 좋지 않을까요? 그런 부분에서 블로그는 여전히 매력적인 채널이라고 생각합니다.

많은 이들이 이런저런 이유로 블로그를 개설하고 운영하고 싶어할 듯합니다. 그런 분들에게 실질적인 개설 및 운영 팁을 주신다면 어떤 것들이 있을까요?

블로그는 글쓰기를 통해 자신의 하루를 온라인 공간에 남기는 작업입니다. 오늘 내가 남긴 나의 하루가 나중에 나의 역사가 됩니다. 가끔은 나의 이 하루가 다른 사람에게 꼭 필요한 정보가 되기도 합니다. 아래 두 가지만 생각한다면 오랫동안 재미있게 블로그에 자신의 하루하루를 담아갈 수 있을 겁니다. 그러기 위해선 우선 내가 정말 잘 아는 주제(소재)를 잡아야 합니다. 블로그를 한두 달 운영하다 접을 게 아니라면 내가 가장 잘 알고 좋아하는 주제를 잡고 시작하세요. 콘텐츠의 파워를 느낄 수 있을 정도로 많은 양의 콘텐츠를 제작할 자신이 있는 주제를 선택하는 것이 좋습니다. 그리고 그 주제에 관심이 있어 내 블로그를 방문하게 될 독자를

꾸준히 콘텐츠를 제작할 수 있는 소재,
자신만의 운영 정책(그게 한 달에 콘텐츠
하나를 발행한다고 하더라도)을 정하고
운영을 시작한다면 보다 더 즐겁게 오래도록
블로깅을 할 수 있을 것이다.

practice ④

생각하면서 쓰면 더 좋은 콘텐츠를 제작할 수 있습니다. 블로그 콘텐츠는 혼자 보기 위해 쓰는 일기와는 다르니까요. 그리고 나머지 가장 중요한 건 나만의 운영 정책입니다. 블로그는 개인 미디어입니다. 일간지가 될 수도, 월간지가 될 수도 있습니다. 다만, 자기가 스스로 잡아둔 운영 정책은 꾸준히 지키는 게 좋습니다. 의욕적으로 한두 달 열심히 하다가 힘이 빠져 버리는 경우가 많습니다. 그러기에 애초에 한 주에 하나씩이라고 스스로 잡은 콘텐츠 발행주기가 있다면 이를 지켜 가는 것이 좋습니다.

¶ 블로깅에서 있어서 무엇보다도 중요한 것은 지속성이라고 봅니다. 어떻게 하면 꾸준히 블로깅을 할 수 있을까요? 그동안의 경험을 통한 노하우로 알려주실 만한 게 있다면요?

위 답변과도 중복되는데, 꾸준히 콘텐츠를 제작할 수 있는 소재, 자신만의 운영 정책(그게 한 달에 콘텐츠 하나를 발행한다고 하더라도)을 정하고 운영을 시작한다면 오래갈 수 있습니다. 초반에 너무 의욕적으로 힘을 빼지 않고 천천히 글 쓰는 훈련을 해가는 것도 도움이 됩니다.

마지막으로 선배 블로거로서 이제 막 블로깅을 시작하려는 이들에게 한 말씀 부탁 드립니다!

블로그 어떻게 시작해야 할지, 어떤 서비스를 이용하면 좋을지 시작 전에 이런저런 고민이 많으실 겁니다. 블로그 전도사로 주변에 블로그를 추천할 때 이런 말을 합니다. 블로그 어떻게 할 것인지 고민하지 마!(Blog How?), 지금 시작해 봐!(Blog Now!) 라구요. 더불어 블로그를 시작하는 많은 이유가 있을 텐데요. 블로그를 통해서 벌 수 있는 수익만을 보고 시작하지는 말았으면 합니다. 블로그에 글을 쓰는 재미를 느껴서 시작해야 오랫동안 즐거운 블로깅을 할 수 있거든요.

생각해보면 요즘 같은 디지털 시대, 이렇게 메모장에

자기 자신의 필체를 확인하는 작업이야 말로 자신을 확인하는

가장 확실한 일이 아닐까 싶다.

메모는 어떻게 해야 할까?

성공한 사람들의 습관 중 하나가 다음날 일정이나 해야 할 일들을 그날 전에 정리한다고 하지 않나. 나도 나름 치열하게(?) 회사생활을 할 때 퇴근 무렵엔 꼭 메모장을 열어서 내일 할 일을 정리하곤 했다. 날짜를 쓰고 위 부분은 회사 일과 관련된 것, 그리고 아래 부분은 개인적으로 처리해야 할 일을 적곤 했다. 그럼 나름대로 오늘 내가 회사에서 한 일이 파악되고, 내일 출근해선 뭘 해야겠구나 하는 생각들이 절로 들면서 이렇게 열심히 일 한 내가 뿌듯하기도 했다.

메모는 이렇듯 일정 정리용 혹은 목적 예를 들면 내가 책을 쓴다거나 아이디어를 내기 위해 또 자료 찾은 것들을 기억하기 위해서 하는 것이 보통이다. 하지만 지금 생각해보면 요즘 같은 디지털 시대, 이렇게 메모장에 자기 자신의 필체를 확인하는 작업이야 말로 자신을 확인하는 가장 확실한 일이 아닐까 싶다. 많은 사람들이 말하기를, 작가마저 원고지에 펜으로 쓰는 사람과 노트북으로 타이핑하는 사람과의 글이 다르다 하지 않나. 나는 아직 그 경지까지 가지 않아서 모르겠지만 가끔은 디지털 메모도 좋지만 자그만 메모장을 갖고 다니며 그림도 그리고 글도 쓰는 낭만적(?) 생활을 하면 참 좋겠단 생각이 들곤 한다.

그런 것들이 모이고 모여서 나중엔 결정적인 한방을 만들어주기도 한다. 광고 카피라이터이자 <책은 도끼다> 외 다수의 책으로도 유명한 박웅현 작가 역시 자신의 책에서 광고 회사에 입사해서 처음에 자신은 회의에 방해된다고 회의시간에 들어갈 수조차 없어서 자신의 책상에 앉아 그저 할 수 있는 것이 책 읽기라서 읽고 또 읽고, 메모했다 하지 않은가. 그 메모가 나중에 전국민의 안방에 울려 퍼진 "그녀가 내 가슴 속에 들어왔다"와 같은 광고의 카피라고 한다.

이렇게 작가로서가 아니라 일개 회사원이어도 회의시간에 턱을 괴고 그렇지 않으면 휴대폰을 만지작거리나 수첩에 이상한 그림만 그리거나 하지 말고 일목요연하게 메모하는 모습을 보이면 아마 회사생활에서도 플러스 점수를 받을 것이다.

고로 글을 쓰려는 그리고 조금 더 잘 써보려고 하는 사람이라면 메모를 잘 활용할 필요가 있다. 하지만 꼭 필요한 순간엔 개똥도 약에 쓰려면 없다는 말처럼 그 순간엔 메모지도, 펜도 없는 경우가 허다하다. 그래서 나 역시 손바닥에, 청바지에 그리고 냅킨에 메모를 하기도 했다. 메모 얘길 하니 떠오른다. 예전 기자였던 한 선배가 말해주길 정치부 기자들은 정치인들과 주로 오찬 중 반주를 하면서 이런저런 얘길 하는데 그때 기자수첩을 꺼내놓고 쓸 수가 없어서 술은 마시되 취하지 않고, 화장실에 가서 그 얘길 메모했다가 기사로 쓰기도 한다고 한다. 그러니 그 한 장의 메모는 그들에게는 밥줄이 되기도 했다는 소리다.

이런 메모가 있는가 하면, 회사 내에서도 메모 한 장으로 상사나 부하에게 마음을 전할 수도 있다. 회사 생활을 하면 일에 치여서 사람들 마음에 모래 바람만 불지 않는가? 그럴 때면 여름이면 시원한 아이스커피 옆에, 겨울이면 핫초코나 따뜻

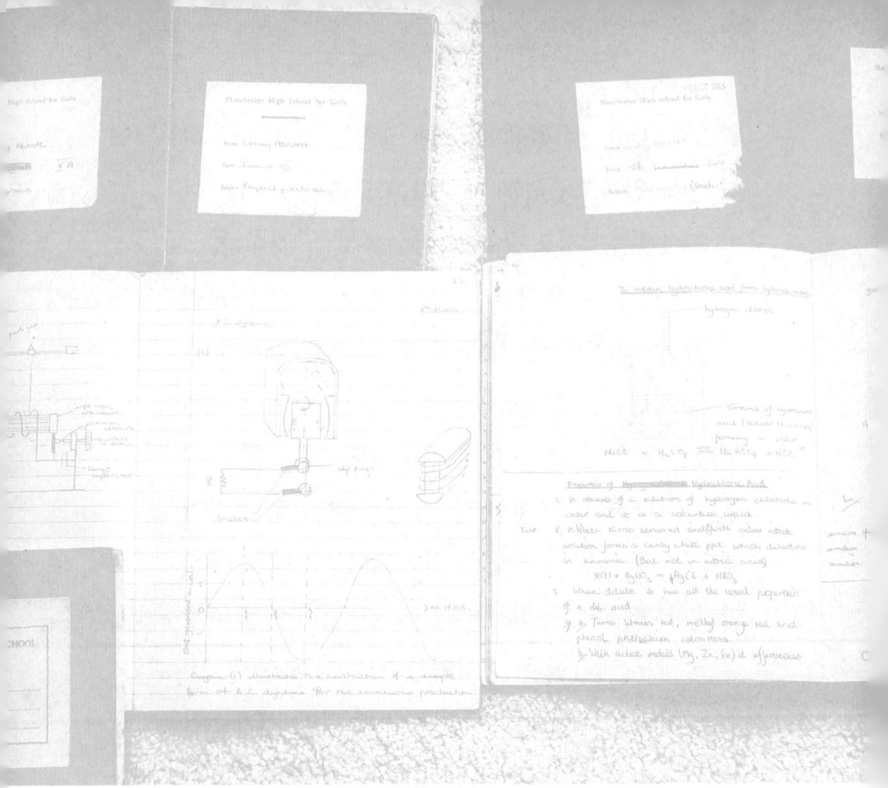

꼭 필요한 순간엔 개똥도 약에 쓰려면
없다는 말처럼 그 순간엔 메모지도, 펜도 없는 경우가
허다하다. 그래서 나 역시 손바닥에, 청바지에
그리고 냅킨에 메모를 하기도 했다.

한 유자차 한 잔 옆에 고마운 마음을 담은 센스 있는 메모 한 장 곁들인다면 이런 사람을 어찌 미워할 수 있겠는가?

요새 글쓰기 관련 책들이 많이 나오면서 메모를 잘하는 방법들에 관한 책들도 많이 나와 있다. 정민의 <책벌레와 메모광>을 보면 정말 낭만적인 메모법도 있고, 절박한 메모법도 나와 있다. 그 중 책을 읽다가 줄을 친 부분은 이런 부분이다.

> 옛 선비의 앉은뱅이책상 곁에는 으레 항아리나 궤짝, 또는 협사라 불리는 대나무로 짠 상자가 놓여 있었다. 공부를 하다가 생각이 퍼뜩 떠오르면 곁에 쌓아둔 종이에 적어 상자에 넣어둔다. 기억해둘 만한 내용도 중요한 부분을 베껴 써둔다. 베낀 뒤에 자기 생각도 메모해둔다. 그리고 귀양을 가거나 벼슬에서 물러나 한가해지면 이 메모 뭉치가 든 상자를 꺼내서 체계를 갖춘 한 권의 책으로 묶었다. _책상 옆의 메모들

이 외에도 종이 살 돈이 없어서 농사를 짓다

가 감잎에 궁금한 것들을 적어놨다가 그걸 나중에 답을 달아 책으로 만들었다는 우리의 현명한 조상들 소개도 있다. 그렇다. 요새 메모법을 다룬 책도 많이 나와 있지만, 정작 자신에게 맞는 메모법은 자신이 발견해야 한다. 자신의 라이프스타일에 따라 메모법도 달라지기 때문이다.

예를 들면, 고전적으로 내용 구분 없이 노트나 수첩에 메모하는 방법이 있는가 하면 역시 고전적으로 노트나 수첩, 다이어리를 사용하되, 카테고리를 정확하게 나눠서 사용하는 이들도 있고, 여기서 한 발 나가 요새 젊은 이들은 24시간 우리와 거의 한 몸이 되어있는 휴대폰 메모를 즐겨 하기도 하고, 어떤 이들은 쓰는 것에서 보이스 메모를 하는 친구도 봤다. 이렇듯 메모는 다 자기 하기 나름이다.

함께 읽으면 좋은 책

책벌레와 메모광 정민

책과 메모를 둘러싼 옛사람들의 이야기. 1부에는 옛 책을 둘러싼 흥미로운 이야기가, 2부에는 옛사람의 기록과 관련된 이야기를 모았다. 글 한 편 한 편이 모두 옛사람들의 독서문화와 기록문화를 살펴보기에 부족함이 없는 책이다.

페이스북 심리학 수재나 E.플로레스

현장의 정신과 상담의가 소셜미디어의 심리적 영향을 연구분석한 디지털 시대를 위한 새로운 심리 치유서. 미국 임상심리학자 수재나 E.플로레스 박사는 지난 3년 동안 전 연령대의 페이스북 이용자들을 인터뷰하고, 수집한 사례들을 바탕으로 페이스북의 긍정적인 면과 부정적인 면을 연구한 책이다.

백만 방문자와 소통하는 소셜 홍보 마케팅 김진

이 책은 블로그, 페이스북, 카카오스토리, 밴드, 트위터, 유튜브, 인스타그램 등이 바로 최소한의 비용으로 최대한의 입소문을 이끌어 낼 수 있는 도구라 말한다. 그러기에 이런 툴을 활용한 콘셉트 도출 방법부터 다양한 소셜미디어 도구의 활용법을 담고 있다.

WEBSTER'S II

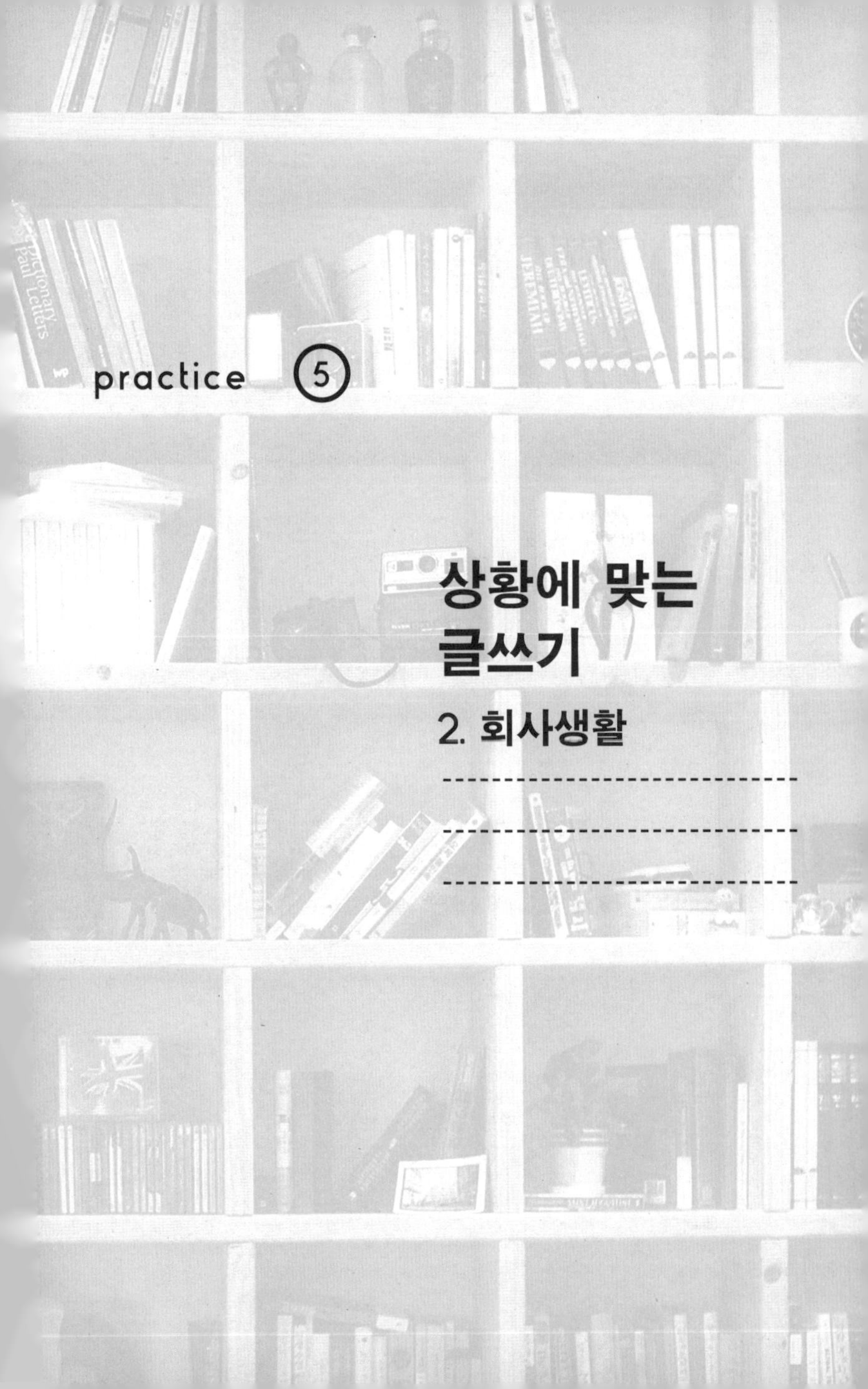

practice ⑤

상황에 맞는 글쓰기

2. 회사생활

자기소개서를 검토하는 시간이 10초란다. 10초.

이 10초 안에 1,000자로 자신을 소개해야 한다니, 결론부터 얘기하자면

자기소개서 쓰는 건 쉽지 않은 일이다.

자기소개서는 이렇게 쓰자

자기소개서, 어떻게 하면 잘 쓸까? 이에 대한 얘길 하기 전에 과연 면접관은 자기소개서를 어떤 기준으로, 어떻게 그리고 얼마 동안 검토할까? 아마도 이에 답을 지금 이 글을 읽고 있는 여러분께 드리면 자기소개서를 쓰는데 조금이나마 도움이 되지 않을까 싶다.

일단 검색을 해봤다. 나도 앞서 말한 것처럼 회사 생활을 한 적 있지만, 그건 큰 회사가 아니었고, 일반적인 회사가 아니었기에 인사 담당관이 주로 편집장들이었기에 일반적인 회사는 어떨까 해서 잠깐 둘러보았다.

그런데 놀랍게도(좀 과장이지 않을까 싶게) 자기소개서를 검토하는 시간이 10초란다. 10초. 이 10초 안에 1,000자로 자신을 소개해야 한다니,

결론부터 얘기하자면 자기소개서 쓰는 건 쉽지 않은 일이다.

검토 시간은 10초. 그럼 어떤 기준으로, 어떻게 검토할까? 여기선 나 역시 숱하게 이력서와 자기소개서를 검토한 일이 있으므로 그를 바탕으로 얘기하자면, 이력서는 거의 양식대로 쓰면 되고 자기소개서는 일단 어떤 직종이냐에 따라 그러니까 그 회사를 파악하고 나서 써야 한다. 예를 A회사는 사훈마저 창의성을 굉장히 중요하게 여기고, 거기에 들어가서 할 일도 굉장히 크리에이티브한 일인데, 자기소개서에 자신은 새롭게 일을 만들어서 하는 일보다 주어진 일을 잘 한다고 쓰면 어찌 되겠는가? 이렇듯 분위기를 파악 해가면서 자기소개서를 써내려 가는 것이 중요하다.

그리고 중요한 점 한 가지. 자기소개서는 자기소개서이지 자기자랑서가 아니다. 어떤 사람의 자기소개서를 보면 처음부터 끝까지 자기 자랑이다. 유치원부터 시작한 그 자랑은 이 회사에 들어온다는 지금 이 순간까지 계속 되고 있다. 그런 자기소개서를 보면 '이렇게 잘 난 사람이, 왜 굳이 우리 회사에 들어오려 하지?' 하는 생각이 든다. 자랑도

글 쓰는 스타일을 보면 그 사람이 보인다.
그러기에 자랑, 미사여구, 과거 얘기만
많이 써놓은 사람, 영문소개서인지 국문소개서인지
콩글리시까지 써놓은 사람보다는
한 글자, 한 글자 정말 우리 회사에 들어오고 싶어서
많은 시간을 들여서 준비했다는 인상을 주는
자기소개서는 따로 있다.

practice 5

지나치면 오히려 독이 된다.

다음은 자기소개서에 꼭 들어가야 하는 지원 동기와 앞으로의 포부다. 이 부분이 자기소개서에서 인사담당자들이 가장 유심히 보는 곳이 아닐까 싶다. 지원동기와 포부는 그동안 자기의 교육(지식)과 경험을 살려 이 회사에 입사에서 어떻게 일을 해보고 싶고, 나아가 어떤 일까지 하고 싶다는 것이므로 되도록 자세히, 구체적으로 쓰는 것이 좋다.

이곳저곳 여러 회사를 지원하는 사람일수록 그 회사에서는 있지도 않는 직무군을 쓴다거나 이 회사에 저 회사에 두루두루 다 쓰일 수 있게 정말 두루뭉술하게 자기소개서를 써서 보내오곤 한다. 게다가 심한 사람은 자기소개서 맨 마지막에 '들어가는 귀 00회사에 입사해서…' 이 부분에 결정적인 오타를 내곤 한다. 정말 이런 사람이 있을까 싶지만 살다 보면 만나게 된다.

또 자기소개서를 보면 그 사람을 만나보지도 않고 어느 정도 이 사람이 어떤 사람이란 것이 보인다. 왜냐하면 앞서 말했듯 글 쓰는 스타일을 보면 그 사람이 보이기 때문이다. 그러기에 자랑, 미사여구, 과거 얘기만 많이 써놓은 사람, 영문소개서인지 국문소개서인지 콩글리시까지 써놓은 사람보다는 한 글자, 한 글자 정말 우리 회사에 들어오고 싶어서 많은 시간을 들여서 준비했다는 인상을 주는 자기소개서는 따로 있다.

참신한 소제목으로 내용을 정리한 자기소개서, 개성 있는 문체로 작성된 형태(저는 1남 2녀 중 몇 번째로가 아니란 소리다), 맞춤법 띄어쓰기가 잘 되어있는 자기소개서, 진심이 담긴 자기소개서, 자기소개서이지만 포부에는 나를 넘어서 이 분야, 이 회사 더 나아가 이 나라를 생각하는 멘트 정도는 너무 장황하지 않은 이상 좋은 인상을 준다.

한편 얼마 전 자기소개서에 꼭 쓰지 말아야 할 단어로는 '최고의'(27.6%), '냉철한'(14.3%), '헌신적인'(13.3%) 등의 단어들이란다. 더불어 자기소개서에서 많이 틀리는 우리말 맞춤법 등도 소개됐다. 이 역시 부록에서 다시 한 번 다루도록 하겠다.

메일은 편지지만 회사에서 쓰는 메일은 연애편지가 아니므로 간결하고, 상대방이 메일을 받았을 때 어떠한 액션을 취해야 하는지 딱 알아듣게 써야 한다. 그리고 쓴 사람의 소속 및 연락처가 꼭 들어있어야 한다.

메일을 쓰는 가장 기본적인 방법

회사생활에서 글을 가장 자주, 많이 글을 쓰는 곳은 어디일까? 그곳은 다름아닌 메일이다. 메일은 같은 회사 사람과도 하지만 그보다는 회사 밖 사람들과 더 많이 주고받는 것이기에 더 조심하고, 지킬 것은 꼭 지켜야 하는 글쓰기다.

회사생활을 얼추 어느 정도 해본 사람을 대상으로 물었다. 어떤 메일을 받았을 때 가장 많이 거슬리느냐? 그에 대한 답으로는 열의 일곱 명은 메일에서의 오탈자 및 띄어쓰기다. 그 다음으로는 내용 없는 장황한 메일 또 그 다음으로는 콩글리시가 포함된 영어가 난무한 메일 등이다.

하나하나 살펴보자. 메일에서 오탈자 및 띄어쓰기. 이거 좀 심각한 수준이다. 요새 학교에선 어떤 걸 가르치는지 신입사원들이 회사에 들어오면 진짜 메일 하나도 제대로 못 쓰는 경우가 허다하다. 그래서 메일 쓰는 법, 명함 주고받는 법, 전화 응대 등 정말 기본 중에서도 기본부터 가르쳐야 한다. 여기에선 기본 중의 기본, 메일 쓰는 법에 대해 알아보자.

아시다시피 메일은 편지지만 회사에서 쓰는 메일은 연애편지가 아니므로 간결하고, 상대방이 메일을 받았을 때 어떠한 액션을 취해야 하는지 딱 알아듣게 써야 한다. 그리고 쓴 사람의 소속 및 연락처가 꼭 들어있어야 한다. 메일을 처음 쓸 때는 편지처럼 맨 처음엔 인사말이 들어간다. 그런 다음 본론으로 들어가되, 내용이 장황해질 기미가 보이면 첨부 파일을 통해서 다시 설명하는 것이 좋다. 메일을 딱 열었을 때 스크롤 하지 않고 한눈에 딱 들어오게 쓴 메일이 개인적으로 제일 좋다고 생각한다. 아래는 가장 기본적인 메일 양식으로 예시를 든 경우다.

☞ 예시 1 :: 기본형

모모모 님(직책이 들어가곤 한다. 대리님, 부장님, 팀장님 등), 안녕하세요?
저는 어떤 회사의 아무개입니다.

다름이 아니라, 용건을 쓴다. 예를 들면 이번 몇 월호에 어떤 주제로 원고를 부탁 드리고자 합니다. 자세한 원고청탁서는 파일로 첨부했습니다. 검토 부탁드립니다.

감사합니다(혹은 고맙습니다).

아무개 드림
아무개 연락처

예시 1처럼 기본적인, 사무적인 메일에서 벗어나서 서로 안면을 튼 경우는 얼굴을 한 번 봤다는 이유로 좀 더 부드럽게 메일을 주고받을 수 있다. 하지만 얼굴을 봤다고, 메일에서 상대를 너무 편하게 생각해선 오산이다. 말은 한 번 지나가면 때에 따라서 잊어버리기도 하지만 메일과 같은 문

서는 데이터로 남기 때문에 정확한 말만을 해야 하고, 그러기에 나중에 문제가 될만한 소지가 있는 말은 애초부터 꺼내지 않는 것이 좋다.

신입 때 하는 실수 중 하나가 동기간에 허심탄회하게 메일로 주고받은 회사 얘기가 나중에 문제가 되는 경우를 종종 보곤 했다. 회사는 회사다. 고로 회사에서 만난 사람 역시 회사 친구이지, 어렸을 적 나의 코흘리개 시절을 같이 했던 그 친구와는 거리가 있단 얘기다.

아래는 확장형의 예시다. 하지만 이건 하나의 예시일 뿐이다. 이 장에서 말하는 회사생활에서의 글쓰기 대부분이 각자 자신이 속한 회사 스타일에 따라 많이 다르다. 공무원은 공무원대로 룰이 있고, 대기업은 대기업대로의 룰이 있다. 또 창의성을 무엇보다도 존중하는 회사나 프로젝트성으로 뭉친 그룹에선 빠른 진행상황을 위해 메일로 보고하는 대신 구두 보고를 원하기도 한다. 그러기에 여기서는 가장 기본적인 얘길 하고자 한다.

☞ 예시 2 :: 확장형

대표님, 그간 잘 지내셨는지요?
스토리닷 이정하입니다.

다름이 아니라, 제가 드디어(?) 제 책을 쓰고 있어요.
글쓰기 책인데요, 그곳에 여러분들의 도움을 좀 받고 싶어서 이렇게 메일 드려요.
여러분들은 글쓰기와 관련해서 가장 궁금한 점이 무엇일까요?
올라오는 질문 중 가장 많은 지지(좋아요)를 받은 질문 열 개를 골라
제 나름대로 답을 달고 그것을 책에 옮기고 싶어서요. 어떻게 가능할까요?
소개도 깨알 같이 할게요.

고맙습니다.

이정하 드림
스토리닷 | 서울시 서초구 세부 주소
02-000-000 | www.storydot.co.kr | story@storydot.co.kr

회사생활에서의 글쓰기 대부분이 각자 자신이 속한 회사 스타일에 따라 많이 다르다. 공무원은 공무원대로 룰이 있고, 대기업은 대기업대로의 룰이 있다. 또 창의성을 무엇보다도 존중하는 회사나 프로젝트성으로 뭉친 그룹에선 빠른 진행상황을 위해 메일로 보고하는 대신 구두 보고를 원하기도 한다.

메일을 보내면 웬만한 경우 메일이 다시 온다. 그러면 그 메일을 보고 다시 메일을 쓸 때도 이것만은 꼭 지켜라. 회신메일을 보낼 때도 대리님, 부장님, 대표님 등과 같은 직책은 꼭 불러준다. 그리고 급하게 회신하는 경우라면 따로 인사말은 하지 않아도 된다. 직책을 부르고 바로 본론으로 들어가서 얘기를 마친 다음 끝 인사말을 하고 메일을 마무리한다.

간혹 내용이 너무 길어질 때면 번호를 매겨 한눈에 보기 좋게 정리하기도 한다. 그리고 첨부파일을 보낼 때도 압축을 하는 경우 열어보지 못하는 회사가 있을 수노 있으므로(이런 것은 미리미리 확인해서 메일을 보내는 센스!) 가급적 압축파일은 피하고, 너무 페이지가 많지 않게 보기 좋게 내용을 정리해서 보내길 바란다.

기획서를 쓸 때는 파워포인트가 아니라 메모장부터 열라고 말한다.

그리곤 제안서를 어떻게 써나갈 것인지 구성부터 짜란다.

제안서 글쓰기, 이것만은 다시 보자

솔직히 말하자면 나는 제안서를 많이 써보지 못했다. 그리고 제안서를 주로 담는 툴 그러니까 파워포인트를 잘 다루지 못 한다. 나도 이제 회사를 나와서 나홀로 회사를 하고 있으니 제안서를 잘 써서 그러니까 각종 지원 사업을 말 그대로 따야 할 법도 하지만 무엇보다도 하고 있는 일이 있는 가운데 그런 일을 준비한다는 게 참 쉽지 않은 일이다.

하지만 나 같은 사람도 제안서나 각종 기획서 등이 필요한데 일반인들은 제안서 쓰는 일이 더, 꼭 필요한 작업이리라 생각한다. 이 부분에서는 기존 책들을 보면 꼼꼼하게 제안서를 잘 쓰는 방법이 나와있는 고로 그동안 글만을 열심히 파왔다고 생각하는 나는 그간 보았던 제안서 등에서 자주 발견되는 글과 관련된 점에 대해 얘기해볼까 한다.

기획서나 제안서 등을 쓰라고 하면 일단 언론사의 마감처럼 정확한 마감시간이 있기에 심적으로 참 부담스러운 작업이다. 그러기에 회사에 따라 전문적으로 제안 작업만을 하는 팀이 따로 존재하는 곳도 있지만 이곳에서는 보편적인 회사 형태에서 제안 작업을 할 때의 제안서를 예로 들어본다.

대부분 제안서 작업을 할 때 우리의 비기너들은 떡 하니 화면에 파워포인트부터 뿌려놓는다. 여기서 더 나가서 어떤 이는 이 장에는 어떤 장식, 어떤 컬러로 채울까를 고민하기도 한다. 하지만 우리의 비기너들이여, 지금은 그런 생각을 할 때가 아니거늘. 고로 전문가(어떤 일을 한 20년 동안 줄기차게 해온 사람)인 나의 남편 얘기를 빌리자면 "기획서를 쓸 때는 파워포인트가 아니라 메모장부터 열라"고 말한다. 그리곤 제안서를 어떻게 써나갈 것인지 구성부터 짜란다. 더불어 메모장에 뭘 쓴다는 게 익숙치 않은 이들은 파워포인트를 열어놓되, 각 장에 이 장엔 뭘 쓰고, 여기엔 뭘 쓰자는 식의 메모를 해놓란다.

여기서 잠깐 놀랐다. 글 쓸 때와 같아서였다. 글 쓸 때도 초심자는 워드나 한글파일부터 연다. 그러면서 깊은 한숨과 갖은 인상과 담배와 커피를 줄줄이 마시고 핀 다음 손가락을 움직이기 시작한다. 그런 다음 한 두 서너 줄 쓴 다음 이렇게 생각한다. '나는 누구이고, 여긴 어디? 그리고 나는 지금 무엇을 하고 있는가?' 다들 이러지 않는다면 다행이라 생각한다.

구성부터 짜라. 물론 그 전에 제안서에 어떤 내용을 담을 것인지 자료조사부터 해야 함은 당연한 얘기다. 자료 조사 전에는 제안 내용을 파악해야 하는 것도 잊지 말자. 혼자든 여럿이든 회의를 통해 이 제안서를 어떻게, 어떤 방향으로 써야겠다는 생각이 들었을 때 관련 툴로 옮겨도 늦지 않는다.

더불어 그 툴을 장식하는 타임은 아직 더 남아있다. 자료 조사를 할 때는 관련 업계 제안서 트렌드를 살펴보는 것도 좋다. 업계에 돌고 있는, 몇 다리 건너면 구할 수 있는 제안서를 보고 꼭 벤치마킹만 하라. 좋은 것을 보고 그대로 갖다 쓰는 것은 내가 말하지 않아도 금기사항임을 알 것이다. 제안서를 보다 보면 '앗, 이 그래프랑 이 도표, 어디서 봤더라?' 하는 생각이 들게 하는 제안서가 많다. 제안, 영어로 말하면 프로포즈 아닌가? 이렇게 남이 만들어놓은 구닥다리, 낡고 낡은 것을 내 말인양 하면 그것으로 제안을 받는 사람의 마음을 어찌 흔들어놓을 수 있을 것인가? 그러기에 제안서는 단연코 새로워야 한다.

그렇다면 그 새로움은 어떻게 채울 것인가? 내 생각엔 그 새로움은 제안 내용에 달려고 생각한다. 지금 다시 지금까지 써왔던 제안서를 다시 한 번 살펴보자. 그동안 시간에 쪼들려서 쓰는 제안서라고 해서 회사 내부에 저장돼 있던 제안서 중 이번 제안서에 적합한 것 중 하나를 골라 말들만 몇 번 수정해서 저장하지 않았나? 물론 이런 과정도 필요하다. 필요하다? 그래야 이런 제안서를 쓰면 절대 통과될 수 없다는 걸 절감하게 된다.

어느 정도 제안작업에 참여해본 사람이라면 이제 작가정신이라는 게 필요하다. 이 제안서는 누가 봐도 내가 썼다는 걸 많은 이들은 알 수 없어도 적어도 같은 회사나 가까운 사람끼리는 알 정도가 되야 한다. 그럼 이런 작업은 어떻게 가능할까? 예전 기억을 떠올려보자면, 적어도 내 눈으로 나보다 제안서 작업을 백배는 잘하는 한 실장님은 전공이 디자인이었다. 그래서 일명 장표가 정말 예뻤다! 그가 장표를 써내려 가는 스타일은 한마디로 뭐랄까 젠 스타일이었다. 알록달록, 내용 빽빽한 그런 장표만 보다가 디자이너가 그린듯한, 도표 하나하나에도 정성을 다한 일명 엣지있는 도표는 도표만 나오면 스킵하고 대충 넘어가는 나의 시선을 사로잡기에 충분했다.

이거다. 자신이 잘하는 걸 최대한 살려라. 누구보다도 계산을 잘하는 이라면 도표나 그래프 계산만큼은 똑부러지게, 카피를 잘 쓰는 이라면 제안서에 오자나 탈자 없이 말이 되게 제안서를 완성해보자. 보기보다 제안서에 오자, 탈자, 띄어쓰기가 정말 많이 안 되고 있다는 사실은 글을 좀 볼 줄 아는 사람이라면 다 아는 사실이 아닐까? 여하튼 일러스트레이트를 잘하는 사람이라면 사진 이미지 대신 그림을 넣을 수도 있을 것이며, 사진을 잘 찍는 사람은 사진으로 제안서 내용을 한 눈에 사로잡을 수도 있을 것이다.

그럼 제안서 작성을 위한 회의도 하고, 자료 조사도 하고, 방향도 잡아서 구성을 해서 작성을 어느 정도 마무리됐다면 이제 끝일까? 여기서 전문가의 말을 다시 한 번 빌리자면 “1차로 제안서 작업서 작성이 됐다면 구성인들과 제안서를 같이 한 번 공유해서 봐라”고 말한다. 오, 똑같다. 글쓰기 방법과 말이다. 짧은 개인적인 편지나 일기 같은 글 외에 다른 사람과 공유할 수 있는 글이라면 나 외에 다른 사람과 공유해서 읽어보면 읽어볼수록 그 글은 더 좋아지면 좋아졌지, 결코 나빠지지 않는다는 게 내 지론이다.

그렇다. 1차 완성된 제안서를 다른 사람들과 공유하라. 물론 이렇게 공유하고 회의하고 어쩌고 그러려면 시간이란 놈이 무지 필요하게 된다. 그리고 심지어 이런 작업을 꺼리는 작업자들도 꽤 많다. 예를 들면 회사 대표가 쓴 제안서라면? 상황이 애매할 수도 있겠다. 여하튼 다른 사람들과 제안서 내용을 공유할 수 있게 된다면 일단 그렇게 하면 좋고 그 공유한 내용을 반영해야 한다고 쓰고 있지만 이건 주 제안자가 누구인가에 따라 달라질 수 있는 문제라고 본다. “이것은 내가 피땀

흘려서 쓴 제안서인데 내가 왜 남의 말 한 마디에 바꿔야 하나?" 이렇다고 하면 다시 한 번 고심해서 결정하되, 이 책이 글쓰기에 관한 책인 바 다시 정리할 때 오자, 탈자, 띄어쓰기 검사는 꼭 한 번 해보길 바란다. 이런 작업은 어디서 한다? 가장 손쉬운 방법은 네이버 검색창에 '띄어쓰기'라고 쳐보면 띄어쓰기 검사기를 알려준다. 물론 이를 통한 검사가 완벽하진 않다. 하지만 대놓고 오자, 탈자, 띄어쓰기를 틀리지 않고 수정할 수 있는 가장 손쉬운 방법 중 하나다.

이렇게 하고 이 장을 쓰면 이 책을 읽는 이들의 볼멘 소리가 무서워 부록에 있는 내용은 내가 구할 수 있는 제안서 중 매의 눈으로 살펴본 오자, 탈자, 띄어쓰기가 잘못된 경우다. 잘 표시해두고 제안서가 마무리될 경우 다시 한 번 이 페이지를 읽어보고 여러분이 쓴 제안서 중 잘못된 것은 스스로 한 번 고쳐보길 바란다.

그렇다. 글은 이렇게 써야 한다. 돈(매출)을 만드는 글,

단골을 만드는 글을 써야 한다.

내가 보도자료를 쓴다고?

어쩌다 회사에 들어가도 그래서 아침에 일어나면 세수만 하고 가는 곳이 회사여도 회사라는 곳을 다니게 되면 회사가 크든, 작든 회사의 여러 상황을 알릴 보도자료를 쓰게 될 날도 있다.

코딱지만한 1인 출판을 하는 나 역시 새 책이 나오기 전 보도자료를 써야 한다. 책 보도자료는 내용이 빤한 것이어서 집중하면 뚝딱하고 나오는 것이지만, 만약 내가 홍보팀에라도 속해서 각종 회사 상황을 알릴 보도자료를 만들어야 한다면 그야말로 골치 아픈 하루하루가 되지 않을까?

그래서 이 책이 직장인들의 1분 1초를 아껴준다는 모 출판사의 슬로건을 좀 흉내 낸다면 일단 보도자료를 잘 쓰는 방법은 여러 형태의 보도자료를 읽어보는 것에서 출발하는 것이 좋겠다. 애초

보도자료란 기자들이 기사를 쓰기 위한 자료임을 생각해볼 때 ‘이런 보도자료를 작성해서 주면 이 기자는 이렇게 쓰고, 이 기자는 저렇게 기사가 나오는구나’ 하는 걸 한 번만 경험하면 좀 더 보도자료다운 보도자료를 작성할 수 있게 된다.

때에 따라선 그 전에 성질 급한 기자들은 별도의 보도자료를 밤낮 가리지 않고 요구하기도 한다. 그 전에 기자들, 그러니 일반적인 보도자료(기자들 모두에게 공통으로 뿌리는 보도자료) 외에 좀 더 스페셜한 자료를 요구하는 경우는 좀 더 긴 기사를 쓰기 위해 자료를 요청하는 경우이므로 적극적으로(?) 협조할 필요가 있다. 그렇게 하기 전 일반적인 보도자료 마스터는 필수다. 몇 개의 보도자료만 살펴봐도 알 수 있듯이 보도자료는 일반적인 형식이 있다. 이 부분은 이 내용으로, 이 부분은 이 내용으로 알차게 채운 다음 언론에선 이 기사를 어떻게 다뤄줬으면 하는지 하는 부분에 회사에서 하고 싶은 말을 써넣으면 되겠다.

더불어 보도자료야 말로 바쁜 사람 중에서도 기자라는 직업은 분과 초를 다투는 사람들이지 않은가? 그런 이들이 볼 자료이기에 전체 내용을 다

살피기 전에 눈에 잘 띄게 하기 위해선 누구 말대로 '제목을 섹시하게 뽑을 필요'가 있다. 그러기에 어느 보도자료를 막론하고 개론서 같은 일반적인 제목은 절대 금물이다. 약간 없어도 있어 보이게 제목을 뽑는 기술 혹은 내용을 궁금하게 만드는 제목은 아, 이건 말로 어찌 설명하기가 어렵다.

제목의 중요성을 절감한 때가 있다. 바로 과일가게였다. 예전 살던 동네 언저리엔 지척으로 과일 가게가 두 곳이 있었다. 한 쪽은 그 동네에서 단골을 아주 많이 갖고 있는 오래된 가게였고, 한 가게는 얼마 전에 생겨서 깔끔한 인테리어가 돋보이는 과일 가게. 많은 사람들이 과일 가게 하면 왜 그 단골 과일 가게를 가나 살펴보니 과일도 과일(제품)이었지만, 정작 중요한 것은 그 과일 가게 아저씨의 웬만한 카피라이터는 저리 가라 할 정도의 장인급 카피였다. 어디서 그런 문구를 만드는 재주를 배우셨는지 모르겠지만, 그 과일을 먹기 전에도 입가에 미소를 만들게 한 문구가 있었으니 바로 딸기, 참외 사이에 누런 박스 종이 위에 쓴 '꿀벌이 윙잉, 꿀벌도 탐내는 딸기, 참외'라고 쓴 덕에 동네 수다쟁이 아줌마는 <응답하라 1988>

라미란 아줌마처럼 "내가 먹어봐서 안 달면 어떻게 할건데?" 이렇게 하면서 주인장과 만담을 펼치는 고로 그 집은 갔다 하면 단골이 될 수밖에 없는 집이었다.

그렇다. 글은 이렇게 써야 한다. 돈(매출)을 만드는 글, 단골을 만드는 글을 써야 한다. 즉 요즘 포털 사이트 메인 페이지 오른쪽 옆구리에 붙어있는 언니들이 자주 보는 쇼핑 관련 제목들을 좀 숙지할 필요가 있다. 그렇다고 순 낚시성 제목을 갖다 붙이란 소리는 아니다. 보도자료 성격에 맞게 업체에서 내보내는 일방적인 얘기가 아니라 그 글을 읽을 독자들을 생각하며 보다 더 친숙하게, 친절하게 제목을 뽑을 필요가 있단 얘기다.

함께 읽으면 좋은 책

이력서 자기소개서 상식사전 문병용

이 책은 이력서와 자기소개서를 쓰기 전에 정말 자신이 원하는 일을 찾기를 조언하면서 취업의 기술적 측면인 이력서와 자기소개서 작성법, 커버레터, 면접까지 다양한 예시와 사례를 통해 취업 가이드를 제시한다.

비즈니스 글쓰기 상식사전 송세진

20년간 비즈니스 글을 쓴 필자의 노하우 47가지가 담긴 책으로, 메일, 공문, 카피는 물론 기획제안서까지 직장인이 꼭 알아야 할 각종 비즈니스 글쓰기 방법을 알려준다. 특히 이 책은 신입사원, 2~3년차 직장인, 온라인 마케팅 기획자, 팀장에게 필요한 내용을 담았다.

기획의 정석 박신영

기획 노하우를 집약한, '기획'만을 위한 책이다. 어렵고 교과서적인 말들은 최대한 줄이고 실용적으로 구성한 이 책에는 아무것도 아닌 아이디어를 획기적인 기획으로 발전시키는 필수요소들이 '10가지의 빡신 기획 습관'으로 정리되어 있다.

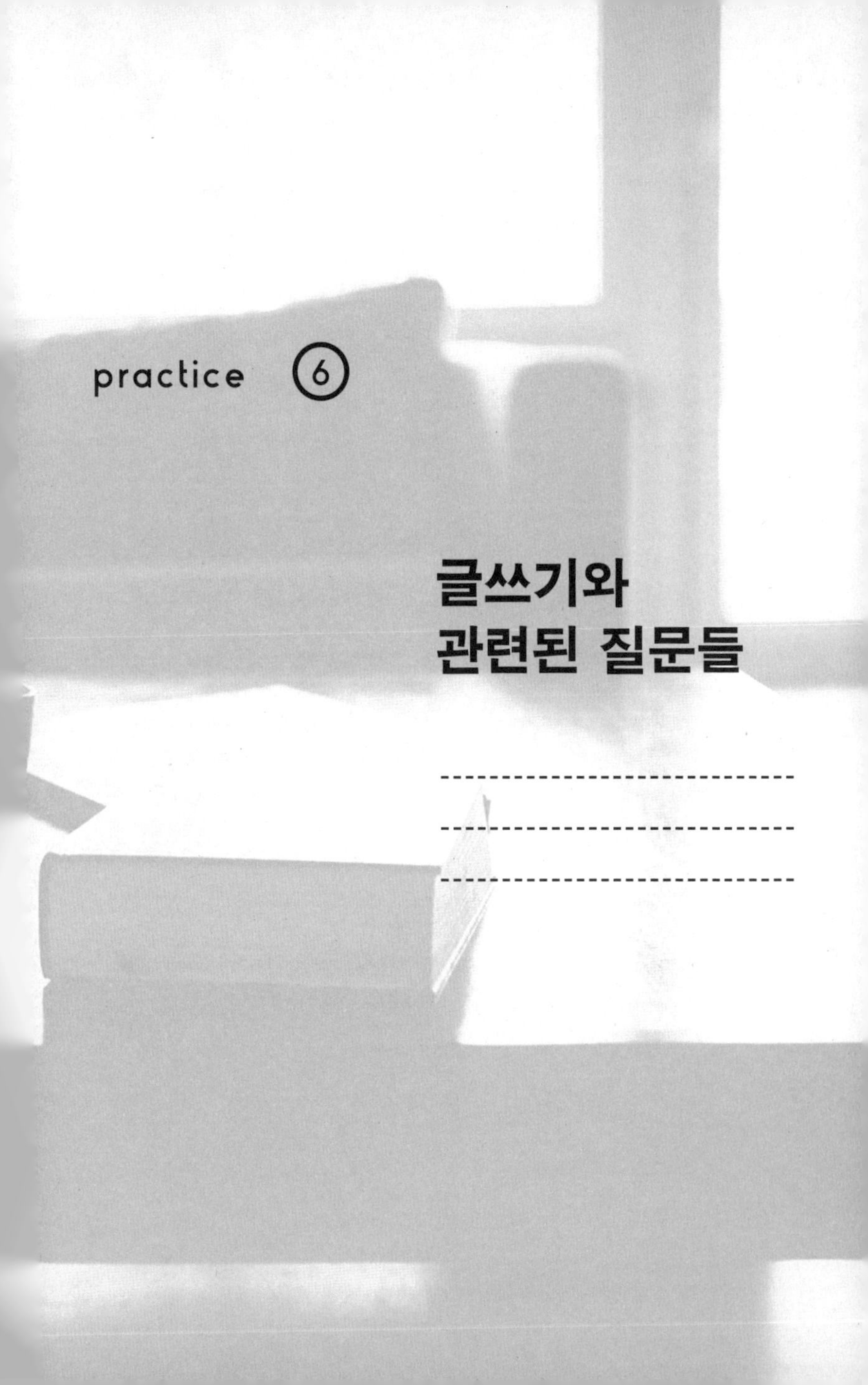

practice ⑥

글쓰기와 관련된 질문들

하고자 하는 열정이 있는 한, 그리고 그것을 계속 실천한다면

우리도 언젠가는 글만 써서 먹고 살 수 있는 날이 오리라 본다.

파이팅!

글쓰기에 대한 Q&A Top 10

여기에 소개하는 글쓰기와 관련된 질문은 제 개인 페이스북과 주변인들에게 글쓰기와 관련된 궁금한 질문을 정리한 글입니다. 이후 책을 읽으면서 궁금한 점은 아래 메일을 이용해주세요.

¶

페이스북 ::
https://www.facebook.com/jeongha.yi
이메일 ::
story@storydot.co.kr | storydot@naver.com

1

Q :: 도입을 어떻게 시작해야 할지 가장 막막해요. 글의 구성을 짜임새 있게 만드는 방법도 궁

금하고 맞춤법도 잘 모르다 보니 이게 맞는 구문인지 아닌지도 궁금하고… 뭐 그렇습니다.

A :: 오, 어려우면서도 좋은 질문이네요. 일단 도입과 구성 모두 어떤 글을 쓰느냐에 따라 다르다고 생각해요. 예를 들면 소설이나 에세이 이런 류는 보통 글쓴이의 취향이나 스타일이 많이 묻어나기에 딱히 정해져 있다곤 생각하지 않아요. 예를 들면 옷 입는 것이나 요리하는 것을 생각해보세요. 라면은 라면대로의 맛이 있고, 청바지는 청바지대로의 멋이 있잖아요. 이마저도 와 닿지 않는다면, 일단 부장님이 그런 류의 글 중 가장 잘 썼다 하는 글을 분석해보세요. 찬찬히 뜯어보는 거죠. 왜 엄마들이 음식점에 가면 눈으로 딱 보고, 한 번 딱 먹어보고 "여기엔 뭐뭐뭐 넣고, 아 여긴 이런 것도 넣었네" 이런 식이죠. 그런 다음 일단 그런 식으로 써보는 거예요. 자꾸 그런 식으로 자세히 들여다보고, 읽고, 쓰다 보면 그 전보다는 분명 전보다 다른 글을 쓰고 있는 자신을 발견하게 될 거예요.

2

Q :: 이런 질문 어떨까요? '글을 배워본 적이 없는데 내가 쓴 글을 누군가가 읽는다고 생각하면 두려움이 앞섭니다.'라는 질문을 드려봅니다.

A :: 내가 쓴 글을 누군가는 꼭 읽는다는 생각은 글을 쓰는 데 꼭 필요하죠. 그러기에 글을 쓸 때 책임감, 정확성 이런 것들이 화려한 수식어나 미려한 문장보다 앞서야 하는 이유라 생각합니다. 두려움은 글을 쓰는 사람이 너무 욕심만 내지 않는다면, 자신이 알고 있는 얘길 쓴다면 그리 두려울 게 없지 않을까 합니다. 적당한 답변이 되었나요?

R :: 본인이 아는 대로, 본인이 느낀 대로, 본인의 문장으로 쓴다면 그 글이 완성도가 뛰어나지 않더라도 두렵지 않을 거 같네요. 욕심을 부리지 않는다는 말씀에 공감하며….

3

Q :: 내가 쓰고 보는 글, 남에게 보여주는 글에는 약간의 차이가 있다 생각됩니다. 특히 남에게

보여주는 글쓰기에 있어 주의해야 할 것은 무엇일까요? 여기서 남은 고객이 될 수도 있고 상사가 될 수도 있겠죠?

A :: 고객을 대상으로 한 글은 고객 용어로(전문가들만 쓰는 그런 단어는 거리감을 조성해요. 공감력이 떨어져요), 그리고 고객이 이 글을 읽고 무엇을 얻을 것인가를 고심해서 써야 한다고 생각해요. 글의 종류를 보면 보고서, 제안서 같은 것이 이런 류에 속하겠죠. 실장님께서 더 잘 아실 것 같은데, 이런 분들은 굉장히 바쁘잖아요. 그러니 당연히 주야장천 늘어놓는 걸 싫어해요. 그러기에 결론부터 내고 그것을 차근차근 조리 있게 풀어내야 하는데 이게 말이 쉽지 막상 고객을 상대로 하면 고객은 물론 고객의 문제점, 브랜드 등 총체적인 분석이 요구되는 작업일 듯합니다. 허나 중요한 점은 내 입장에서 쓰는 것이 아닌 고객이 이 글을 읽고 나서 적어도 "그래 그래서 어떻게 하란 거야?"라는 말은 나오지 않도록 '메시지의 분명함' 이것만이라도 꼭 생각하며 쓰면 좋을 것 같습니다. 당연히 그 메시지 분명함은 고객을 연구해야 나오는 것이겠죠. 역시 어려우면서도 좋은 질문이

네요. 다년간 고객을 상대로 한 실장님께서도 한 말씀하신다면요?

4

Q :: 글쓰기에 대한 자신감이 떨어졌어요. 어떤 것부터 시작해야 할까요?

A :: 오, 글쓰기에 자신감이 있으셨나 봐요? 그거 웬만한 사람들은 갖기 어려운 거잖아요. 어떤 중대한(?) 일을 겪으셨던 건 아니고요? 부끄럽지만 저도 그런 적이 있었는데, 예전 잡지를 만들 때 사람 이름이 틀려서(그것도 대표 이름이) 정정기사를 내게 된 적이 있었어요. 그 후 인터뷰를 하면 명함을 받지 않은 사람은 그 분께 직접 이름을 써달라고 해요. 이렇게 하는 게 제일 처음엔 번거로웠는데, 나중에 인터뷰를 글로 옮길 때 그 사람의 손글씨를 다시 한 번 볼 수 있어서 이 또한 '괜찮네, 재밌네' 하는 생각이 들더라고요.

음, 어떤 근거를 갖고 말씀드리는 것은 아니지만 글쓰기에 자신감을 갖고 있는 사람은 온 지구를 합쳐도 백 명이 안 될 거예요. 그러니 그 일

(자신감을 떨어뜨린 일)을 교훈으로 삼아서 어서 당당해지시길!

5

Q :: 마감이 정해져 있는 글에 대한 스트레스가 너무 심해요.

A :: 마감 스트레스는 어디에나 있는 것 같아요. 하지만 글쓰기와 관련된 마감 스트레스가 아마 최고이지 않을까 싶습니다. 그래서 어떤 통계를 보면 일일 드라마 작가가 수명이 제일 짧다고 나왔다지요? 실소가 나오지만 약간은 섬뜩하기도 합니다. 그건 저도 한때는 마감 스트레스에 시달려본 경험이 있는 사람으로서 글은 마감이 써준다는 말이 있지만 참 잔인한 말인 듯합니다.

여하튼 그럼 마감 스트레스 어떻게 좀 날려버릴까요? 저는 그 마감 스트레스를 그냥 좀 즐겨보는 게 어떨까 해요. 어떤 영화 대사처럼 "너 마감 스트레스냐? 난 나다! 이리 오려면 와봐라, 파파박!!" 어차피 주기적으로 마감 스트레스에 시달려야 한다면 그게 내 팔자다 하고 즐길 수밖에요. 하지만 마감증후군, 예를 들면 까칠하게 굴기(목 깁스했냐는 소리를), 결벽증(주로 책상), 정리정돈(메일함의 메일까지 그날그날 다 읽어서 제로로 만들기. 그랬다가 자료까지 다 정리해버려서 정말 정신 차릴 수 없는 멘붕이 오기도)은 좀 조심하시는 게 좋을 거예요. 저도 한때는 마감 스트레스를 밖으로 분출할 수 없어서 주변 친구들이 제로에 가까웠던 사실. 그나마 지금 곁에 남은 친구가 말해주네요.

6

¶

Q :: '내가 단어를 이렇게 몰랐던가?' 할 정도로 글을 쓸 때 상황 표현이 안 돼서 답답해요.

A :: 그런 상황이 어찌 글뿐이겠어요. 저는 요샌 회사 얘기도 아닌 드라마나 연예인 얘기 할 때도 "내가 무슨 얘길 하고 있는 거지?" 하다가 답답해서 "왜 그거 있잖아요?" 하면서 말도 안 되는 힌트를 주면서 상대방에게 그 단어나 사람 이름이 뭐냐고 물어본답니다. 그래서 이런 상황을 자주 만들지 않기 위해서 책 읽기, 모르는 것은 그때그

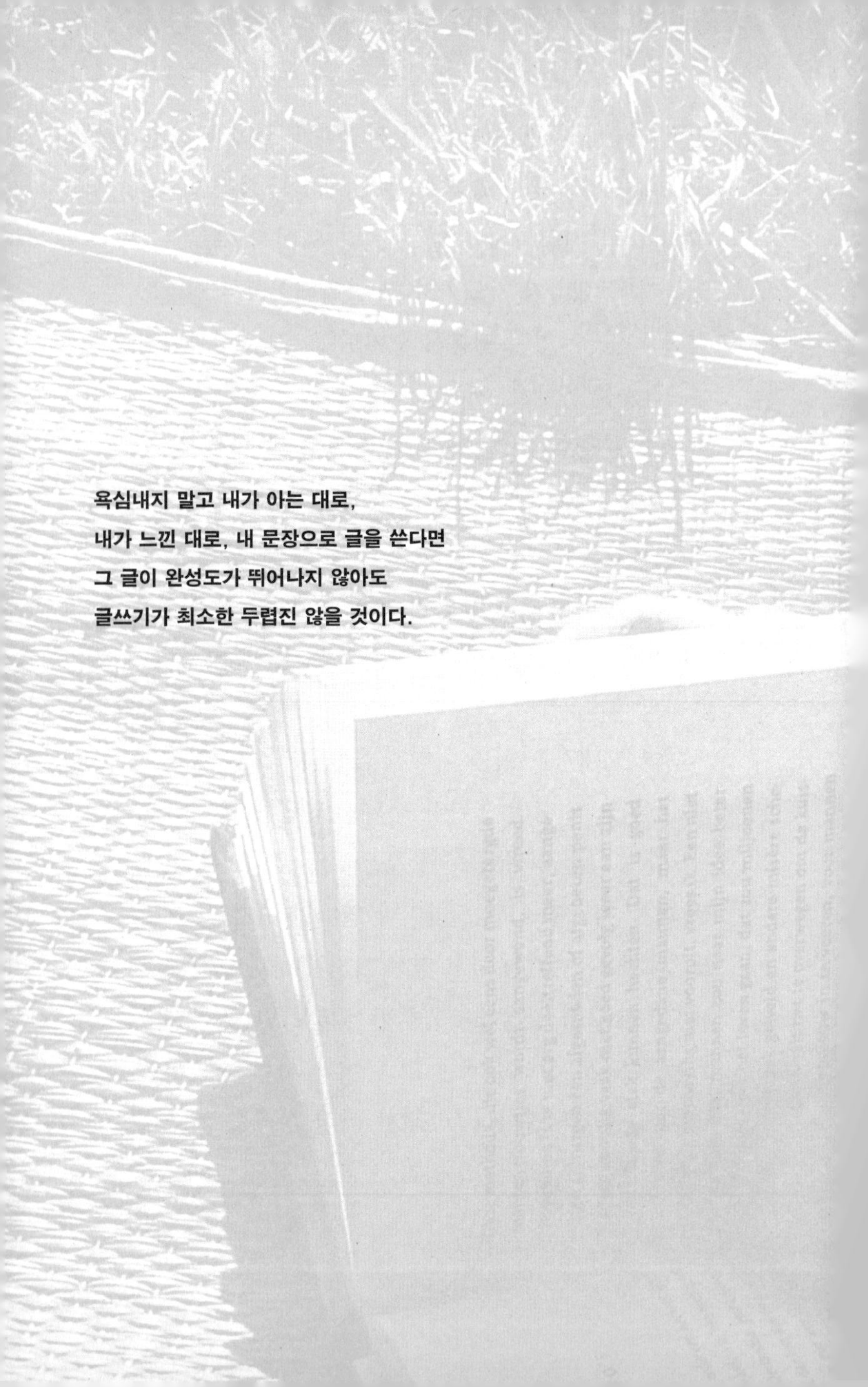

욕심내지 말고 내가 아는 대로,
내가 느낀 대로, 내 문장으로 글을 쓴다면
그 글이 완성도가 뛰어나지 않아도
글쓰기가 최소한 두렵진 않을 것이다.

때 찾아보기 등 부단한 노력을 기울이지만 그다지 나아질 기미는 보이지 않네요.

때가 그런 때인가 봐요. 세월을 어찌 막을 수 있겠어요? 그리고 어쩌면 그 단어나 사람 이름이 생각나지 않는 이유는 그 글에, 그 말에 그 단어나 사람 이름을 쓰지 말라는 그런 거 아닐까요? 그러니 그렇게 생각나지 않을 거예요. 그 단어나 사람 이름이 나에게 그 어떤 대체할 수 없는 강렬한 그 무엇인가로 다가왔다면 그렇게 쉽사리 잊을 수 없잖아요. 우리 “난 왜 이럴까?” 자책하지 말고 그냥 다른 단어나 다른 사람 이름을 쓰기로 해요. 사이좋게. ¶

7

Q :: 회사에서 쓰는 글은 곧잘 쓰곤 하는데, 제 사적인 얘길 쓰는 것은 영 못 쓰겠어요.

A :: 와, 이런 분도 계시는군요! 왜 그럴까요? 혹 자신에게 너무 엄격한 잣대를 들이대고 계신 건 아닌지요? 글은 사랑입니다. 좀 오글거리지요? 사랑하세요. 당신을. 그래야 써질 거예요. 그리고

자신의 얘길 쓰시고 싶다면 굳이 컴퓨터로 워드에 쓸 필요가 없어요. 너무 건조하잖아요. 좀 더 아날로그적인 도구로 자신의 얘길 써보는 건 어떨까요? 예를 들면 아침에 일어나서 욕실 거울에 손가락으로 "안녕?" 이렇게, 출근해서는 다이어리에 볼펜으로 꾹꾹 눌러서 "잘 해보자!" 또 나른한 오후 미팅을 기다리면서는 커피숍 냅킨에 그때그때 떠오르는 생각을 메모해보는 건 어떨까요? 자신의 감정을 좀 더 표출해야 자신의 글이 써진다고 해요. '싫으면 싫다, 좋으면 좋다' 이렇게 분명하게 자신의 감정 표현을 할 수 있을 경우엔 아이처럼 해보세요. 그러면 어느 날, 마법처럼 마음의 빗장이 풀리면서 내 얘기를 마구마구 일기장 같은 곳에 풀어내고 싶을 거예요.

8

Q :: 저는 외국생활을 오래 해서 그런지 한글로 글을 써도 동료들이 무슨 말인지 모르겠다고 해요.

A :: 저에게도 그런 친구가 있긴 합니다. 급

하면 메시지를 한글로 보내는 것이 아니라, 영어로 보내서 (한국에 있음에도 불구하고 말이죠) 제가 못 알아들은 척 하면, 제 전공까지 들먹거리면서 되려 영어 좀 공부를 하라곤 하죠. 음, 어떤 답을 드려야 할까요? 심히 어려운 질문이네요. 하루 아침에 해결될 문제가 아니겠어요. 일단 머리 속에서 영어식 표현을 좀 자제하는 게 좋을 거예요. 그리고 할 수 있으면 영어를 좀 멀리 하면 어떨까요? 대신 한글을, 아름다운 우리말로 된 책을 보다 가까이 하는 게 좋을 거 같아요. 그러면 자연스럽게 한글 어순이나 표현법이 익숙하게 체득될 것입니다.

그리고 검색하시면 한글의 영어식 표현 이런 것들이 나올 거예요. 최상급이라든지, 피동태라든지 그런 것들을 좀 읽어보시고 되도록이면 그런 표현들을 줄이면 주변 사람들 반응이 달라질 거예요. 그리고 글쓰기는 습관이어서 주변 동료들에게 어느 문장에서, 어떻게 쓸 때 잘 못 알아듣겠는지 알려달라고 하세요. 진짜 몰라서 그런다고 말이죠. 그렇게 하나하나 한글을 우리말 쓰기로 해나가면 점차 좋아지지 않을까요? 주변에 보면 진짜 한글을 영어처럼 쓰는 분들이 많긴 많아요. 그렇게 쓰시는 분들은 정작 본인은 그렇게 쓰는 지도 모른 채 말이죠.

9

Q :: 저는 소설이나 시를 쓰고 싶습니다. 글만 써서 먹고 살 수도 없는데 말이죠.

A :: 처음부터 글만 써서 먹고 살 수 있었던 사람들은 극소수이지 않을까요? 지금 어떤 일을 하고 계신지 모르겠지만, 제가 드릴 수 있는 답으로 김연수 <소설가의 일>에서 나왔던 얘기로 대신 답을 드리자면, 김연수 작가도 제일 처음엔 기자로 출발을 했내요. 그러다가 '글만 써야겠다'는 생각이 강하게 들어서 기자 일을 관두고 오로지 글만 썼다네요. 작가 말로 "기자로 일 했던 게 퀄리티 있는 글은 아니었지만, 많이 쓸 수는 있어서 그때 빨리 쓰는 법을 깨우쳤다."고 해요.

자본주의 사회에 살고 있는 이상 우리는 먹고 사는 것을 해결한 다음 하고 싶은 일을 해야겠죠? 글만 써서 먹고 살 수 있을 정도가 되도록 계획을 짜고, 그러는 동안에도 지금의 열정이 계속 불타오

르길 바랍니다. 일본의 한 작가도 작가로 데뷔하기까지 출근 전 두 시간을 이용해 소설을 썼다고 해요. 하고자 하는 열정이 있는 한, 그리고 그것을 계속 실천한다면 우리도 언젠가는 글만 써서 먹고 살 수 있는 날이 오리라 봅니다. 파이팅입니다!

10

Q :: 동네에서 조그만 꽃가게를 하고 있어요. 굳이 꽃가게가 아니어도 요새 젊은 이들이 하는 가게를 보면 입간판을 사용하거나 블로그, 페이스북, 인스타그램 등을 이용해서 가게 소식을 전하던데, 전 글 한 줄 쓰기가 너무 어렵고, 두려워요.

A :: 대부분 사람들이, 그리고 우리의 동네 가게 사장님들 역시 말씀하셨던 그런 곳에 글 한 줄 쓰기 어려워하십니다. 대부분 쓸 생각 자체를 못 하시고요. 그렇다고 너무 자책 마시고, 그 중 가장 친숙하게 다가갈 수 있는 곳부터 하나하나 시작하면 어떨까요? 처음엔 이 모든 걸 다 하시려 하지 마시고, 어르신들이 시작하기 어려워하는 SNS는 주변인들에게 부탁을 하셔도 좋고요. 세팅만 잘

해두시면 계속 내용을 올리는 건 어렵지 않게 해내실 수 있을 거예요. 그래도 성에 차지 않아서 '그런 건 내 손으로 꼭 해야지!' 한다면 우리 동네 가게 사장님들을 위한 SNS 교육이나 강좌가 찾아보면 있을 거예요. 그런 곳에서는 이용 방법이나 글쓰기도 약간 가르쳐준다고 들었어요.

그래도 그런 강좌를 들었어도 지속적인 운영이 핵심인데, 무슨 내용으로 시작하냐 하시면 저는 일단 그 쓰시는 내용의 글을 읽는 사람들이 손님들이라 생각하지 마시고, 친구라 생각하고 쓰기 시작해 보시라고 말하고 싶어요. 친구에게 말 걸기, 친구에게 가게 소식 전하기 정도가 좋을 거 같아요. 그럼 글과 조금씩 친해져서 가게 매출도 팍팍, 웃음도 팍팍 나길 바랄게요!(더 궁금한 건 메일 주셔도 좋고요)

진학 정보

부록

그 동안 ☞ 그동안

나굿히 ☞ 나긋이

다각화 하고 ☞ 다각화하고

리더쉽 ☞ 리더십

몇일 ☞ 며칠

비지니스 ☞ 비즈니스

스타일쉬한 ☞ 스타일시한

웬지 ☞ 왠지

오래동안 ☞ 오랫동안

적중율 ☞ 적중률

차별화 된 ☞ 차별화된

컨텐츠 ☞ 콘텐트(콘텐츠)

타겟 ☞ 타깃

프로젝트성공을 위한 ☞ 프로젝트 성공을 위한

한장 ☞ 한 장

10억 ☞ 10억 원

일반인들이 가장 많이 틀리는 맞춤법, 띄어쓰기

맞춤법을 게임으로 즐기려면 네이버 검색창에 '국어 퀴즈'라고 검색하면 퀴즈를 풀면서 맞춤법 공부를 할 수 있다. 이 외에도 TV 프로그램으로는 〈우리말 나들이〉도 있고, 라디오 방송에서도 같은 이름으로 우리말 맞춤법의 잘못된 관습을 알려주는 프로그램이 있다.

ㄱ

거에요. ☞ **거예요.**

그 동안 ☞ **그동안**

기간동안 ☞ **기간 동안**

구렛나루 ☞ **구레나루**

기찻간	☞	**기차간**
개나리봇짐	☞	**괴나리봇짐**
구름량	☞	**구름양**
깨끗히	☞	**깨끗이**
건데기	☞	**건더기**
금새	☞	**금세**

ㄴ

나긋히	☞	**나긋이**
날개짓	☞	**날갯짓**

¶

ㄷ

다각화 하고	☞	**다각화하고**
들어가는길에	☞	**들어가는 길에**
땡기다.	☞	**당기다.**
되뇌이다.	☞	**되뇌다.**
들어나다.	☞	**드러나다.**
당췌	☞	**당최**
떡뽂이	☞	**떡볶이**

ㄹ

리더쉽	☞	**리더십**

ㅁ

몇일	☞	**며칠**
목격한적이	☞	**목격한 적이**
마굿간	☞	**마구간**
모집 합니다.	☞	**모집합니다.**
무릅	☞	**무릎**

ㅂ

부딪히다.	☞	**부딪히다.**
비지니스	☞	**비즈니스**
별라별	☞	**별의별**
부축이다.	☞	**부추기다.**
뺄게요.	☞	**빌게요.**
방방곳곳	☞	**방방곡곡**
배멀미	☞	**뱃멀미**

ㅅ

서비스 보다	☞	**서비스보다**
소개 합니다.	☞	**소개합니다.**
수용자/사용자	☞	**수용자와 사용자(수용자, 사용자)**
스타일리쉬	☞	**스타일리시**
시작해야할지	☞	**시작해야 할지**
신나게	☞	**신 나게**
시덥잖은	☞	**시답잖은**
서슴치	☞	**서슴지**
숫놈	☞	**수놈**
새침떼기	☞	**세침데기**
삼가해 주십시오.	☞	**삼가 주십시오.**
손톱깍기	☞	**손톱깍이**
송두리채	☞	**송두리째**

ㅇ

안하다	☞	**안 하다**
애플리케이션, 어플리케이션	☞	**애플리케이션(앱)**

오늘이 크리스마스 이브 입니다.

☞ 오늘은 크리스마스 이브입니다.

왔다갔다	☞	왔다 갔다
워크샵	☞	워크숍
이곳 저곳	☞	이곳저곳
이제 부터	☞	이제부터
어떻하면	☞	어떡하면
이래 뵈도	☞	이래 봬도
일찌기	☞	일찍이
인삿말	☞	인사말
오이소백이	☞	오이소박이
외로히	☞	외로이
웬지	☞	왠지
왠일	☞	웬일
오랫만이다.	☞	오랜만이다.
엉겹결	☞	엉겁결
이용율	☞	이용률
어휘양	☞	어휘량
어줍잖게	☞	어쭙잖게
않했습니다.	☞	안 했습니다.
오래동안	☞	오랫동안

어의없이	☞	**어이없이**
안밖	☞	**안팎**

ㅈ

좀더	☞	**좀 더**
지난 여름	☞	**지난여름**
좁따란	☞	**좁다란**
자살율	☞	**자살률**
적당양	☞	**적당량**
즐거히	☞	**즐거이**
적중율	☞	**적중률**
장마비	☞	**장맛비**
잠궜다.	☞	**잠갔다.**

ㅊ

차별화 된	☞	**차별화된**
창구로서	☞	**창구로써**
첫번째	☞	**첫 번째**

추스리다.	☞	**추스르다.**
천정	☞	**천장**

ㅋ

컨텐츠	☞	**콘텐트(콘텐츠)**
컨트롤	☞	**콘트롤**
콜라보레이션	☞	**컬래버레이션**

ㅌ

타겟	☞	**타깃**
트랜드	☞	**트렌드**
택도 없는 소리	☞	**턱도 없는 소리**

ㅍ

포탈	☞	**포털**
프로젝트성공을 위한	☞	**프로젝트 성공을 위한**

ㅎ

하루만에	☞	**하루 만에**
한장	☞	**한 장**
함께 하다.	☞	**함께하다.**
해야할까?	☞	**해야 할까?**
홀홀단신	☞	**혈혈단신**
할인률	☞	**할인율**

숫자

90연도	☞	**90년도**
100만명	☞	**100만 명**
10억	☞	**10억 원**
5년전	☞	**5년 전**

영어가 포함된 단어

영어와 한글을 같이 쓰는 것보다 하나의 언어로 통일해서 쓰는 편이 좋다. 병기해야 한다면 모국어인 한글 먼저 쓰고 괄호를 하고 영어를 쓰면 된다.

One Stop 서비스 ☞ **원스톱 서비스**

Risk 관리 ☞ **리스크 관리**

콘텐츠 Manager ☞ **콘텐트 매니저**

Main 비지니스 ☞

주요 비즈니스(핵심 사업)

레퍼런스Check ☞

레퍼런스 체크(평판 조회)

A.S.A.P ☞

가급적 빨리

(as soon as possible의 약자)

자기소개서에서 자주 틀리는 맞춤법

자기소개서의 오자는 어떤 곳보다 치명적이다. 아래는 잡코리아에서 발표한 자기소개서에서 자주 틀리는 맞춤법이란다. 참고하길 바라며, 간혹 워드프로세서로 글을 쓰면 자동으로 틀린 글자에 빨간색으로 표시되는 경우가 있는데, 다 맞게 표시되지는 않으므로, 애매한 단어는 다시 한 번 사전을 찾아보자.

되:: '되다'에서 '다'를 제외한 것 예)되고

돼:: '되어'의 준말 예)인턴사원이 됐다.

¶

듣지/던지

든지:: 이것과 저것을 선택할 때

예)포기하든지 계속하든지 결정하라는

던지:: 지난 일을 떠올릴 때 예)얼마나 덥던지

계발/개발

계발:: 정신적인 것(슬기, 재능, 사상 등)

예)외국어 능력 계발

개발:: 물질적인 것(토지 등)

예)기술 개발, 프로그램 개발

맞겨/맡겨

맞겨:: '맞다' 그렇다. 옳다 등 예)두 번째가 맞았다.

맡겨:: '맡기어'의 준말 예)물건을 맡겨 두다.

몇 일/며칠

몇 일:: 틀린 말 예)몇 일 동안 매달려(X)

며칠:: 맞는 말 예)며칠 동안 매달려(O)

외곬수/외골수

외곬:: 단 한 곳으로만 트인 길 또는 단 하나의 방법이나 방향

예)그 친구는 너무 외곬으로 고지식하다는 말을 듣는다. 외곬수(X)

외골수:: 한 곳으로만 파고드는 사람. '외곬+수'가 아니라 '외+골수(骨髓)'이므로 '외골수'로 쓴다.

예)그 친구는 종종 외골수라는 말을 듣는다.(O)

의례/으레

의례:: '의식'과 같은 말 예)국민의례

으레:: '당연히'라는 뜻의 부사

예)방학이면 으레 봉사활동을 했다.

안/않

안:: '아니'의 준말 예)해외로 어학연수를 안 갔다.

않:: '않다', '아니하다'의 준말

예)해외로 어학연수를 가지 않기로 했다.

교정 부호

글을 쓰고 나면 틀린 글자나 어법에 맞지 않는 등의 잘못된 부분을 바로잡아야 한다. 이것을 '교정'이라고 하며 교정할 때 쓰는 약속된 부호를 '교정 부호'라고 한다.

부호	교정 내용	예문
	글자를 바꿀 때	생각하면 (고)
	글자를 뺄 때	새싹들이다.
	붙여 쓸 때	지난 여름
	띄어 쓸 때	일 년은 열두달
	글자를 넣을 때	나는 너를 사랑해. (정말)
	여러 글자를 수정할 때	오늘 날씨 정말 좋네요. (상쾌하네요)

부호	교정 내용	예문
	줄을 나눌 때	"잘 지내셨어요?" 그가 먼저 말을 건넸다.
	왼쪽으로 맞춰 쓸 때	나는 오늘
	오른쪽으로 맞춰 쓸 때	나는 오늘
	앞과 뒤를 바꿀 때	오늘 나는
	뒤에 있는 말을 앞으로 이을 때	새들은 왜 날아가나 바람은 왜 불어오나

교정부호를 사용해서 아래 예문을 고쳐보자.

"글을 잘 쓰고 싶은데 어떤 글을 써야 할 지 모르겠어요. 매일 많이 써야 할 거 같은데 그래야 빨리 많이 늘 것 같은데..."

"음, 그럼 이건 어때요? 아침에 출근하는 풍경을 써보는 건 어때요? 매일 매일의 출근 모습을 스케치하듯 써보는 것도 묘사하는 데 도움이 많이 되고요. 그러다가 그때 만난 사람들을 소설 속 등장인물로 만들어보세요."

¶

"아, 그거 재밌을 거 같아요!"

그렇다. 쓸 소제는 어디에든 있다. 다만 발견하지 못할 뿐이다. 왜 발견하지 못할까? 관찰하지 않기 때문이다. 관심이 없기 때문이다. 그리고 그것에 대해 생각하지 않기 때문이다.

글쓰기, 어떻게 시작할까
읽기+쓰기

1판 1쇄 발행 2016년 4월 15일

지은이 이정하
펴낸이 이정하
디자인 글자와 기록사이

펴낸 곳 스토리닷
주소 서울시 서초구 방배동 934-3 203호
전화 010-8936-6618
팩스 0505-116-6618
출판등록 2013. 09. 12 제2013-000162호

홈페이지 www.storydot.co.kr
SNS www.facebook.com/storydot12
전자우편 storydot@naver.com

ISBN 979-11-952457-3-4 (03800)

스토리닷은 독자 여러분과 함께합니다.
책에 대한 의견이나 출간에 관심 있으신 분은 언제라도 연락주세요.
반갑게 맞이하겠습니다.